SELMA LAGERLÖF

Ein Weihnachtsgast

SELMA LAGERLÖF

Ein Weihnachtsgast

ERZÄHLUNGEN

Übersetzt von Marie Franzos

Reclam

MIX
Papier | Fördert gute Waldnutzung
FSC® C019821

RECLAMS UNIVERSAL-BIBLIOTHEK Nr. 14730
2025 Philipp Reclam jun. Verlag GmbH,
Siemensstraße 32, 71254 Ditzingen
info@reclam.de
Umschlaggestaltung: Philipp Reclam jun. Verlag GmbH
Umschlagabbildung: Theodor Severin Kittelsen, *Dezember*, 1890 – Photo © O. Vaering / Bridgeman Images
Druck und Bindung: Druckerei C.H.Beck, Bergerstraße 3–5, 86720 Nördlingen
Printed in Germany 2025
RECLAM, UNIVERSAL-BIBLIOTHEK und RECLAMS UNIVERSAL-BIBLIOTHEK sind eingetragene Marken der Philipp Reclam jun. GmbH & Co. KG, Stuttgart
ISBN 978-3-15-014730-6
reclam.de

Ein Weihnachtsgast

Einer von denen, die das Kavaliersleben auf Ekeby mitgelebt hatten, war der kleine Ruster, der Noten transponieren und Flöte spielen konnte. Er war von niedriger Herkunft und arm, ohne Heim und ohne Familie. Es brachen schwere Zeiten für ihn an, als die Schar der Kavaliere sich zerstreute.

Nun hatte er kein Pferd und keinen Wagen mehr, keinen Pelz und keine rotgestrichene Proviantkiste. Er musste zu Fuß von Gehöft zu Gehöft ziehen und trug seine Habseligkeiten in einem blaukarierten Taschentuch zusammengebunden. Den Rock knöpfte er bis zum Kinn hinauf zu, so dass niemand zu erfahren brauchte, wie es um das Hemd und die Weste bestellt war, und in dessen weiten Taschen verwahrte er seine kostbarsten Besitztümer: die auseinandergeschraubte Flöte, die flache Schnapsflasche und die Notenfeder.

Sein Beruf war, Noten abzuschreiben, und wenn alles gewesen wäre wie in alten Zeiten, so hätte es ihm nicht an Arbeit gefehlt. Aber mit jedem Jahr, das ging, wurde die Musik oben in Värmland weniger gepflegt. Die Gitarre mit ihrem morschen Seidenband und ihren gelockerten Schrauben und das bucklige Waldhorn mit den verblichenen Quasten und Schnüren wurden auf die Rumpelkammer geschafft, und der Staub legte sich fingerdick auf den langen, eisenbeschlagenen Geigenkasten. Doch, je weniger der kleine Ruster mit Flöte und Notenfeder zu tun bekam, desto mehr hantierte er mit der Schnapsflasche, und schließlich wurde er ganz versoffen. Es war schade um den kleinen Ruster.

Einstweilen wurde er noch als alter Freund auf den Herrenhöfen aufgenommen, aber es herrschte Jammer, wenn er kam, und Freude, wenn er ging. Er roch nach Branntwein und Unsauberkeit, und wie er nur ein paar Schnäpse oder einen Toddy bekommen hatte, wurde er wirr und erzählte unerquickliche Geschichten. Er war die Geißel der gastfreien Gutshöfe.

Einmal um die Weihnachtszeit kam er nach Löfdala, wo Liljecrona, der große Violinspieler, daheim war. Liljecrona war auch einer der Ekebykavaliere gewesen, aber nach dem Tod der Majorin zog er auf sein prächtiges Gut Löfdala und blieb dort. Nun kam Ruster in den Tagen vor dem Weihnachtsabend zu ihm, mitten in die Festvorbereitungen, und verlangte Arbeit. Liljecrona gab ihm einige Noten abzuschreiben, um ihn zu beschäftigen.

»Du hättest ihn lieber gleich fortschicken sollen«, sagte seine Frau, »jetzt wird er das so in die Länge ziehen, dass wir ihn über den heiligen Abend hierbehalten müssen.«

»Irgendwo muss er doch sein«, sagte Liljecrona. Und er bewirtete Ruster mit Toddy und Branntwein, leistete ihm Gesellschaft und lebte die ganze Ekebyer Zeit noch einmal mit ihm durch. Aber er war verstimmt und seiner überdrüssig, er, wie alle die andern, obwohl er es nicht merken lassen wollte, denn alte Freundschaft und Gastfreiheit waren ihm heilig.

Aber in Liljecronas Haus hatten sie sich nun drei Wochen lang für das Weihnachtsfest gerüstet. Sie hatten in Unbehagen und Hast gelebt, sich die Augen bei Talglichtern und Kienspänen rotgewacht, im Schuppen beim Fleischeinsalzen und im Bräuhaus beim Bierbrauen gefroren. Doch sowohl die Hausfrau wie auch die Dienstleute hatten sich all dem ohne Murren unterzogen.

Wenn alle Verrichtungen beendet waren und der heilige Abend anbrach, dann würde ein süßer Zauber sie gefangen nehmen. Das Weihnachtsfest würde bewirken, dass Scherz und Spaß, Reim und Fröhlichkeit ihnen ohne alle Mühe auf die Lippen kamen. Aller Füße würden Lust bekommen, sich im Tanz zu drehen, und aus den dunklen Winkeln der Erinnerung würden die Worte und Melodien der Tanzspiele auftauchen, obwohl man gar nicht glauben konnte, dass sie noch immer da waren. Und dann würden sie alle so gut sein, so gut!

Aber als nun Ruster kam, fand der ganze Haushalt von Löfdala, dass Weihnachten verdorben war. Die Hausfrau und die älteren Kinder und treuen Diener waren alle derselben Meinung. Ruster rief bei ihnen eine erstickende Angst hervor. Sie fürchteten außerdem, dass, wenn er und Liljecrona anfingen, sich in den alten Erinnerungen zu tummeln, das Künstlerblut in dem großen Violinspieler aufflammen würde und sein Heim ihn verlieren musste. Einst hatte es ihn nie lange daheim ausgehalten.

Es lässt sich nicht beschreiben, wie sie jetzt auf dem Hof den Hausherrn liebten, seit sie ihn ein paar Jahre hatten bei sich behalten dürfen. Und was hatte er zu geben! Wie war er doch viel für sein Heim, besonders zu Weihnachten! Er hatte seinen Platz nicht auf irgendeinem Sofa oder Schaukelstuhl, sondern auf einer hohen, schmalen, glattgescheuerten Holzbank in der Kaminecke. Wenn er dort hinaufgekommen war, dann ritt er auf Abenteuer aus. Er fuhr rings um die Erde, er stieg zu den Sternen und noch höher empor. Er spielte und sprach abwechselnd, und alle Hausleute versammelten sich um ihn und hörten zu. Das ganze Leben wurde stolz und schön, wenn der Reichtum dieser einzigen Seele es überstrahlte.

Darum liebten sie ihn, so wie sie das Weihnachtsfest, die Freude, die Frühlingssonne liebten. Und als nun der kleine Ruster kam, war ihr Weihnachtsfriede zerstört. Sie hatten vergeblich gearbeitet, wenn nun dieser kam und den Herrn des Hauses fortlockte. Es war ungerecht, dass dieser Säufer am Weihnachtstisch eines frommen Hauses sitzen und alle Weihnachtsfreude stören sollte.

Am Vormittag des Weihnachtsabends hatte der kleine Ruster seine Noten fertiggeschrieben, und da ließ er ein paar Worte von Fortgehen fallen, obgleich es natürlich seine Absicht war, zu bleiben.

Liljecrona war von der allgemeinen Verstimmung angesteckt und sagte darum ganz lahm und matt, dass es wohl das Beste wäre, wenn Ruster über Weihnachten da bliebe, wo er war.

Der kleine Ruster war stolz und leicht entflammt. Er drehte seinen Schnurrbart auf und schüttelte die schwarze Künstlermähne, die gleich einer dunklen Wolke um seinen Kopf stand. Was meinte Liljecrona eigentlich? Er sollte bleiben, weil er nirgends andershin fahren konnte? Ah, man denke nur, wie sie in den großen Eisenwerken im Broer Kirchspiel standen und auf ihn warteten! Die Gaststube war bereit, der Willkommensbecher gefüllt. Er hatte solche Eile. Er wusste nur nicht, zu wem er zuerst fahren sollte.

»Gott bewahre«, sagte Liljecrona, »so fahre doch.«

Nach dem Mittagessen lieh sich der kleine Ruster Pferd und Schlitten, Pelz und Decken. Der Knecht von Löfdala sollte ihn zu irgendeinem Gutshof in Bro kutschieren und dann rasch heimfahren, denn es sah nach einem Schneesturm aus.

Niemand glaubte, dass er erwartet wurde, oder dass es ein einziges Haus in der Umgegend gab, wo er willkommen gewesen wäre. Aber sie wollten ihn so gerne loswerden, dass sie sich dies verhehlten und ihn ziehen ließen. »Er hat es selbst gewollt«, sagten sie. Und nun, dachten sie, wollten sie fröhlich sein.

Aber als sie sich gegen fünf Uhr im Speisesaal versammelten, um Tee zu trinken und um den Christbaum zu tanzen, war Liljecrona stumm und verstimmt. Er setzte sich nicht auf die Märchenbank, er berührte weder Tee noch Punsch, er erinnerte sich an keine Polka, die Violine war verstimmt. Wer spielen und tanzen konnte, mochte es ohne ihn tun.

Da wurde die Gattin unruhig, da wurden die Kinder missvergnügt, alles im ganzen Haus ging verkehrt. Es wurde der allertrübseligste Weihnachtsabend.

Die Grütze brannte an, die Lichter flackerten, das Holz rauchte, der Wind blies bittere Kälte in die Stuben. Der Knecht, der Ruster kutschiert hatte, kam nicht heim. Die Haushälterin weinte, die Mägde zankten.

Plötzlich erinnerte sich Liljecrona, dass man den Spatzen keine Garbe hinausgehängt hatte, und er beklagte sich laut über alle Frauen rings um ihn, die alte Sitte außer Acht ließen und neumodisch und herzlos waren. Aber sie begriffen wohl, dass das, was ihn quälte, die Gewissensbisse waren, dass er den kleinen Ruster am heiligen Weihnachtsabend aus seinem Haus hatte fortgehen lassen.

Und ehe man sich's versah, ging er in sein Zimmer, versperrte die Tür und begann zu spielen, wie er nicht gespielt hatte, seit er zu wandern aufgehört hatte. Es war Hass und Hohn, es war Sehnsucht und Sturm. Ihr dachtet mich zu binden, aber ihr müsst eure Fesseln umschmieden. Ihr dachtet, mich kleingeistig zu machen, wie ihr selbst seid. Aber ich ziehe hinaus ins Große, ins Freie. Alltagsmenschen, Haussklaven, fangt mich, wenn es in eurer Macht steht!

Als die Gattin diese Töne hörte, sagte sie: »Morgen ist er fort, wenn Gott nicht in dieser Nacht ein Wunder tut. Jetzt hat unsre Ungastfreundlichkeit gerade das hervorgerufen, was wir vermeiden zu können glaubten.«

Währenddessen fuhr der kleine Ruster in dem Schneetreiben herum. Er fuhr von einem Haus zum andern und fragte, ob es Arbeit für ihn gäbe, aber nirgends wurde er aufgenommen. Sie forderten ihn nicht einmal auf, aus dem Schlitten zu steigen. Einige hatten das Haus voll Besuch, andere wollten am Weihnachtstag aufs Land fahren. »Versuche es beim nächsten Nachbar«, sagten sie alle.

Er mochte immerhin kommen und das Behagen von ein paar Werktagen stören, nicht aber das des Weihnachtsabends. Das Jahr hatte nur einen Weihnachtsabend, und auf den hatten sich die Kinder den ganzen Herbst gefreut. Man konnte doch diesen Menschen nicht an einen Weihnachtstisch setzen, wo es Kinder gab. Früher hatten sie ihn gern aufgenommen, aber nicht jetzt, wo er dem Alkohol ergeben war. Was sollte man auch mit dem Menschen anfangen? Die Gesindestube war zu schlecht und das Gastzimmer zu fein.

So musste der kleine Ruster von Hof zu Hof ziehen, in dem peitschenden Schneesturm. Der nasse Schnurrbart hing schlaff über den Mund, die Augen waren blutgesprengt und verschleiert, aber der Branntwein verflüchtigte sich aus seinem Hirn. Ruster begann zu grübeln und zu staunen. War es möglich, war es möglich, dass niemand ihn aufnehmen wollte?

Da sah er mit einem Mal sich selbst. Er sah, wie jämmerlich und verkommen er war, und er begriff, dass er den Menschen verhasst sein musste. Mit mir ist es aus, dachte er. Es ist aus mit dem Notenschreiben, es ist aus mit der Flöte. Niemand auf Erden braucht mich, niemand hat Barmherzigkeit mit mir.

Der Schneesturm schnurrte und spielte, er riss die Schneehaufen auf und türmte sie wieder zusammen, er nahm eine Schneesäule in die Arme und tanzte damit übers Feld, er hob eine Flocke himmelhoch und stürzte eine andre in eine Grube. »So ist es, so ist es«, sagte der kleine Ruster, »solange man fährt und tanzt, ist es ein fröhliches Spiel, doch wenn man hinab in die Erde soll, dort eingebettet und verwahrt werden, dann ist es

Kummer und Herzeleid.« Doch hinab mussten alle, und jetzt war er an der Reihe. Man denke, dass er nun zum Ende gekommen war.

Er fragte nicht mehr danach, wohin der Knecht ihn führte. Es schien ihn, dass er in das Reich des Todes fuhr.

Der kleine Ruster verbrannte keine Götter auf dieser Fahrt. Er verfluchte weder das Flötenspiel noch das Kavaliersleben, er dachte nicht, dass es besser für ihn gewesen wäre, wenn er die Erde gepflügt oder Schuhe genäht hätte. Aber darüber klagte er, dass er nun ein ausgespieltes Instrument war, das die Freude nicht mehr gebrauchen konnte. Niemanden klagte er an, denn er wusste, wenn das Waldhorn gesprungen ist und die Gitarre die Stimmung nicht hält, dann müssen sie fort. Er wurde plötzlich ein sehr demütiger Mann. Er begriff, dass es mit ihm zu Ende ging, jetzt am Weihnachtsabend. Der Hunger oder die Kälte würde ihn umbringen, denn er verstand nichts, er taugte zu nichts und hatte keine Freunde.

Da bleibt der Schlitten stehen, und auf einmal ist es hell um ihn, und er hört freundliche Stimmen, und da ist jemand, der ihn in ein warmes Zimmer führt, und jemand, der heißen Tee in ihn gießt. Der Pelz wird ihm abgenommen, und mehrere Menschen rufen, dass er willkommen ist, und warme Hände reiben Leben in seine erstarrten Finger.

Von alledem wurde ihm so wirr im Kopf, dass er wohl eine Viertelstunde nicht zur Besinnung kam. Er konnte unmöglich begreifen, dass er wieder nach Löfdala gekommen war. Er war sich gar nicht bewusst gewesen, dass der Knecht es sattbekommen hatte, im Schneesturm herumzufahren, und nach Hause umgekehrt war.

Ebenso wenig verstand er, warum er jetzt in Liljecronas Haus so freundlich empfangen wurde. Er konnte nicht wissen, dass Liljecronas Frau begriff, welche schwere Fahrt er an diesem Weihnachtsabend getan hatte, wo man ihn an jeder Tür, an die er klopfte, abgewiesen hatte. Sie hatte so großes Mitleid mit ihm bekommen, dass sie ihre eigenen Sorgen vergaß.

Liljecrona fuhr drinnen in seinem Zimmer mit dem wilden Spielen fort. Er wusste nichts davon, dass Ruster gekommen war. Dieser saß inzwischen im Speisesaal mit der Frau und den Kindern. Die Dienstleute, die am Weihnachtsabend auch da zu sein pflegten, waren vor der Langweile bei der Herrschaft in die Küche geflüchtet.

Die Hausfrau säumte nicht, Ruster ans Werk zu setzen. »Sie hören ja, Ruster«, sagte sie, »dass Liljecrona den ganzen Abend nichts andres tut als spielen, und ich muss nach dem Tischdecken und dem Essen sehen. Die Kinder sind rein verlassen. Sie müssen sich der zwei Kleinsten annehmen, Ruster.«

Kinder, das war ein Menschenschlag, mit dem Ruster am wenigsten in Berührung gekommen war. Er hatte sie weder im Kavaliersflügel noch im Soldatenzelt getroffen, weder in Gasthöfen noch auf Landstraßen. Er scheute sich beinahe vor ihnen und wusste nicht, was er sagen sollte, das fein genug für sie war.

Er nahm die Flöte hervor und lehrte sie, auf Klappen und Löchern zu fingern. Es waren ein vierjähriges und ein sechsjähriges Bübchen. Sie bekamen eine Lektion auf der Flöte, und das interessierte sie sehr. »Das ist A«, sagte er, »und das ist C«, und dann griff er die Töne. Da wollten die Kleinen wissen, was für ein A und was für ein C das war, das gespielt werden sollte.

Da nahm Ruster Notenpapier heraus und zeichnete ein paar Noten.

»Nein«, sagten sie, »das ist nicht richtig.« Und sie eilten fort und holten ein Abc-Buch.

Da fing der kleine Ruster an, sie das Alphabet abzufragen. Sie konnten und konnten nicht. Es sah windig aus mit ihren Kenntnissen. Ruster wurde eifrig, hob die kleinen Knirpse jeden auf ein Knie und begann sie zu unterrichten. Liljecronas Frau ging aus und ein und hörte ganz erstaunt zu. Es klang wie ein Spiel, und die Kinder lachten die ganze Zeit, aber sie lernten dabei, ja, das taten sie.

Ruster fuhr ein Weilchen fort, aber er war nicht recht bei dem, was er tat. Er wälzte die alten Gedanken vom Schneesturm in seinem Kopf. Dies war gut und behaglich, aber mit ihm war es doch auf jeden Fall aus. Er war verbraucht. Er würde fortgeworfen werden. Und urplötzlich schlug er die Hände vors Gesicht und begann zu weinen.

Da kam Liljecronas Frau hastig auf ihn zu.

»Ruster«, sagte sie, »ich kann verstehen, dass Sie glauben, für Sie sei alles aus. Es geht Ihnen nicht mit der Musik, und Sie richten sich durch den Branntwein zugrunde. Aber es ist noch nicht aus, Ruster.«

»Doch«, schluchzte der kleine Flötenspieler.

»Sehen Sie, so wie heute Abend mit den Kleinen dazusitzen, das wäre etwas für Sie. Wenn Sie die Kinder lesen und schreiben lehren wollten, dann würden Sie wieder überall willkommen sein. Das ist kein geringeres Instrument, um darauf zu spielen, Ruster, als Flöte und Violine. Sehen Sie sie an, Ruster!«

Sie stellte die zwei Kleinen vor ihn hin, und er sah auf, blinzelnd, so, als hätte er in die Sonne gesehen. Es war, als fiele es seinen kleinen trüben Augen schwer, denen der Kinder zu begegnen, die groß und klar und unschuldig waren.

»Sehen Sie sie an, Ruster!«, ermahnte Liljecronas Frau.

»Ich getraue mich nicht«, sagte Ruster, denn es war ihm wie ein Fegefeuer, durch die schönen Kinderaugen in die Schönheit der unbefleckten Seelen zu schauen.

Da lachte Liljecronas Frau hell und froh auf. »Dann sollen Sie sich an sie gewöhnen, Ruster. Sie sollen dieses Jahr als Schulmeister in meinem Haus bleiben.«

Liljecrona hörte seine Frau lachen und kam aus seinem Zimmer.

»Was gibt es?«, sagte er. »Was gibt es?«

»Nichts anderes«, antwortete sie, »als dass Ruster wiedergekommen ist, und dass ich ihn zum Schulmeister für unsre kleinen Jungen bestellt habe.«

Liljecrona war ganz verblüfft. »Wagst du das«, sagte er, »wagst du es? Er hat wohl versprochen, nie mehr …«

»Nein«, sagte die Frau, »Ruster hat nichts versprochen. Aber er wird sich vor mancherlei in Acht nehmen müssen, wenn er jeden Tag kleinen Kindern in die Augen sehen soll. Wäre es nicht Weihnachten, hätte ich dies vielleicht nicht gewagt, aber wenn unser Herrgott es wagte, ein kleines Kindlein, das sein eigner Sohn war, unter uns Sünder zu setzen, dann kann ich es wohl auch wagen, meine kleinen Kinder versuchen zu lassen, einen Menschen zu retten.«

Liljecrona konnte gar nicht sprechen, aber es zitterte und zuckte in jeder Falte seines Gesichts, wie immer, wenn er etwas Großes hörte.

Dann küsste er seiner Frau die Hand, so fromm wie ein Kind, das um Verzeihung bittet, und rief laut: »Alle Kinder sollen kommen und Mutter die Hand küssen.«

Das taten sie, und dann hatten sie ein fröhliches Weihnachtsfest in Liljecronas Heim

Die Legende vom Luziatag

Vor vielen hundert Jahren lebte im südlichen Teil von Värmland eine reiche geizige alte Frau, die Frau Rangela geheißen wurde. Sie hatte eine Burg – oder vielleicht sollte man richtiger sagen, einen befestigten Hof – an der schmalen Mündung einer Bucht, die der Vänersee tief ins Land schnitt, und über diese Mündung hatte sie eine Brücke gebaut, die so aufgezogen werden konnte, wie die Zugbrücke über einen Burggraben. Hier an der Brücke hielt Frau Rangela eine starke Wache von Knechten, und vor den Wegfahrenden, die sich bequemten, das Brückengeld zu entrichten, das sie verlangte, ließ die Wache sogleich die Brücke herab, aber für die anderen hingegen, die sich ihrer Armut wegen oder aus irgendeinem anderen Grund weigerten zu bezahlen, blieb sie hochgezogen, und da es keine Fähre gab, blieb diesen nichts anderes übrig, als einen Umweg von mehreren Meilen zu machen, um die Bucht zu umrunden.

Frau Rangelas Bemühung, auf diese Weise Steuern von den Wegfahrenden zu erheben, erregte viel Unmut, und vermutlich hätten die trotzigen Bauern, die sie zu Nachbarn hatte, sie schon längst gezwungen, ihnen freien Durchlass zu gewähren, hätte sie nicht einen mächtigen Freund und Beschützer in Herrn Eskil auf Börtsholm gehabt, dessen Ländereien an Frau Rangelas Grund und Boden grenzten. Dieser Herr Eskil, der eine wirkliche Burg mit Mauern und Türmen bewohnte, der so reich war, dass sein gesamter Grundbesitz einen ganzen Sprengel ausmachte, der, von sechzig gewappneten Dienern gefolgt, durchs Land ritt, und obendrein ein hoch angesehener Ratgeber des Königs war, der war nicht nur ein guter Freund Frau Rangelas, sondern es war ihr auch gelungen, ihn zu ihrem Schwiegersohn zu machen, und unter solchen Umständen war es nur natürlich, dass niemand es wagte, die geizige Frau in ihrem Tun und Lassen zu stören.

Jahr für Jahr setzte Frau Rangela unangefochten ihr Treiben fort, als ein Ereignis eintrat, das ihr recht große Unruhe bereitete. Ihre arme Tochter starb ganz unvermutet, und Frau Rangela sagte sich, dass ein Mann wie Herr Eskil mit acht minderjährigen Kindern und einem Hofstaat, der dem eines Königs zu vergleichen war, wohl bald eine neue Ehe eingehen würde, besonders da er noch durchaus nicht so alt war. Aber wenn die neue

Frau etwa Frau Rangela feindselig gesinnt war, konnte dies ihr sehr schädlich werden. Es war für sie fast noch notwendiger, mit der Frau auf Börtsholm auf gutem Fuße zu stehen als mit ihrem Mann. Denn Herr Eskil, der viele große Dinge zu vollbringen hatte, befand sich stets auf Reisen, und währenddessen war es die Aufgabe seiner Frau, im Haus und in der Umgegend zu schalten und zu walten.

Frau Rangela erwog die Sache reiflich, und als das Begräbnis vorüber war, ritt sie eines Tages nach Börtsholm hinüber und suchte Herrn Eskil in seinem Gemach auf. Da leitete sie das Gespräch damit ein, dass sie ihn an seine acht Kinder erinnerte und an die Pflege, deren sie bedurften, an seine zahllose Dienerschar, die beaufsichtigt, verköstigt und gekleidet werden musste, an seine großen Gastmähler, zu denen er nicht zögerte, Könige und Königssöhne einzuladen, an den großen Ertrag seiner Herden, seiner Äcker, seiner Jagdreviere, seiner Bienenkörbe, seiner Hopfenpflanzungen, seiner Fischereien, der im Haupthaus verwertet und bearbeitet werden musste, kurzum an alles, was seine Frau zu verwalten gehabt hatte, und rief auf diese Weise ein recht beängstigendes Bild der großen Schwierigkeiten hervor, denen er nach ihrem Hinscheiden entgegenging.

Herr Eskil hörte mit der Ehrerbietung zu, die man einer Schwiegermutter schuldig ist, aber auch mit einem gewissen Bangen. Er fürchtete, all dies hätte zu bedeuten, dass Frau Rangela anbieten wollte, seine Hausvorsteherin auf Börtsholm zu werden, und er musste sich sagen, dass diese alte Frau mit ihrem Doppelkinn und ihrer Hakennase, ihrer groben Stimme und ihrem bäurischen Gehabe keine erfreuliche Gesellschaft in seinem Haus sein würde.

»Lieber Herr Eskil«, fuhr Frau Rangela fort, die sich möglicherweise der Wirkung ihrer Rede nicht unbewusst war. »Ich weiß, dass sich Euch nun Gelegenheit zu den allervorteilhaftesten Heiraten bietet, aber ich weiß auch, dass Ihr reich genug seid, mehr auf das Wohlergehen Eurer Kinder zu sehen als auf Brautschatz und Erbe, und darum möchte ich Euch vorschlagen, eine der jungen Basen meiner Tochter zu ihrer Nachfolgerin zu wählen.«

Herrn Eskils Antlitz erhellte sich sichtlich, als er hörte, dass es eine junge Anverwandte war, die seine Schwiegermutter befürwortete, und diese fuhr mit gesteigerter Zuversicht fort, ihn zu überreden, sich mit Luzia, der Tochter ihres Bruders Sten Folkesson, zu vermählen, die diesen Winter, am Luziatag, ihr achtzehntes Lebensjahr vollendete. Sie war bisher bei den frommen Frauen im Kloster Riseberga erzogen und dort nicht nur zu guten Sitten und strenger Gottesfurcht angehalten worden, sondern sie hatte auch in dem großen Klosterhaushalt gelernt, einem herrschaftlichen Haus vorzustehen. »Wenn ihr nicht Jugend und Armut hinderlich sind«, sagte Frau Rangela, »solltet Ihr sie wählen. Ich weiß, dass meine dahingegangene Tochter ihr leichten Herzens die Pflege ihrer Kinder anvertraut hätte. Sie braucht nicht aus dem Grab zu ihren Kleinen zurückzukehren wie Frau Dyrit auf Oerehus, wenn Ihr ihnen ihre Cousine zur Stiefmutter gebt.«

Herr Eskil, der niemals Zeit hatte, an seine eigenen Angelegenheiten zu denken, empfand große Dankbarkeit gegenüber Frau Rangela, die ihm eine so passende Heirat vorschlug. Er erbat sich freilich ein paar Wochen Bedenkzeit, aber schon am zweiten Tag gab er Frau Rangela Vollmacht, für ihn zu verhandeln. Und sobald es hinsichtlich der Ausrüstung, der Hochzeitsvorbereitungen und des Anstandes geboten war, wurde die Hochzeit gefeiert, so dass die junge Frau ihren Einzug in Börtsholm zeitig im Vorfrühling hielt, einige Monate nachdem sie ihr achtzehntes Lebensjahr vollendet hatte.

Wenn Frau Rangela bedachte, welche Dankbarkeit

diese ihre Nichte ihr schuldig war, weil sie sie zur Frau auf einer so reichen und stattlichen Burg gemacht hatte, kann man wohl sagen, dass sie größere Zuversicht empfand, als da noch ihre eigene Tochter dort regierte. In ihrer Freude erhöhte sie die Abgaben an der Brücke noch um einiges und verbot es den Nachbarn strenge, den Wanderern im Boot über den Sund zu helfen, damit nur ja niemand sich der Steuer entzog.

Da geschah es nun an einem schönen Frühlingstag, als Frau Luzia einige Monate auf Börtsholm gewohnt hatte, dass ein Zug kranker Pilger, die auf dem Weg zur heiligen Dreifaltigkeitsquelle im Dorf Sätra in Västmanland waren, über die Brücke gelassen zu werden verlangten. Diese Menschen, die ausgezogen waren, um ihre Gesundheit wiederzugewinnen, waren es gewohnt, dass die am Weg Wohnenden ihre Wanderung in jeder Weise erleichterten, und es widerfuhr ihnen weit öfter, dass sie Geld erhielten, als dass sie solches auszugeben brauchten.

Frau Rangelas Brückenwächter hatten jedoch strengen Befehl, keinerlei Nachsicht zu zeigen, am allerwenigsten gegen diese Art von Wanderern, die sie im Verdacht hatte, nicht so krank zu sein, wie sie sich stellten, und aus reiner Faulheit im Land herumzuziehen.

Als den Kranken nun die freie Überfahrt verweigert wurde, erhob sich unter ihnen ein Jammern sondergleichen. Die Lahmen und Verkrüppelten wiesen auf ihre verkrümmten Glieder und fragten, wie jemand so hartherzig sein könne, ihre Wanderschaft um einen ganzen Tagesmarsch zu verlängern, die Blinden fielen auf dem Weg auf die Knie und suchten sich zu den Brückenwächtern hinzutasten, um ihnen die Hände zu küssen, während einige der Verwandten und Freunde der Kranken, die ihnen unterwegs beistanden, ihre Taschen und Beutel vor den Augen der Wächter umkehrten, um zu zeigen, dass sie wirklich leer waren.

Aber die Knechte standen ganz ungerührt da, und die Verzweiflung der Armen kannte keine Grenzen, als zu ihrem Glück die Schlossfrau von Börtsholm in Gesellschaft ihrer Stiefkinder über die Bucht gerudert kam. Als sie den Lärm hörte, eilte sie herbei, und sobald sie erfahren hatte, um was es sich handelte, rief sie: »Nichts leichter, als dieser Sache abzuhelfen. Die Kinder gehen hier ein wenig ans Land und besuchen ihre Großmutter, Frau Rangela, und in der Zwischenzeit werde ich diese gebrechlichen Wanderer in meinem Boot über den Sund bringen.«

Die Wächter wie auch die Kinder, die wussten, dass

mit Frau Rangela nicht zu spaßen war, wenn es sich um ihr teures Brückengeld handelte, suchten die junge Frau durch Mienen und Zeichen zu warnen, aber sie merkte nichts oder wollte vielleicht nichts merken. Denn diese junge Frau war in allem das Gegenteil ihrer Tante, Frau Rangela. Schon seit ihrer frühesten Kindheit hatte sie die heiligkeitsgekrönte sizilianische Jungfrau Luzia, die ihre Schutzpatronin war, geliebt und verehrt, und sie treu in ihrem Herzen getragen als ihr Vorbild. Dafür hatte die Heilige ihr ganzes Wesen mit Licht und Wärme durchdrungen; dies zeigte sich schon in ihrem Äußeren, das von schimmernder Durchsichtigkeit und Feinheit war, so dass man beinahe Angst hatte, daran zu rühren.

Unter vielen freundlichen Worten führte sie nun die Kranken über den Sund, und als der Letzte der Schar an dem ersehnten Ufer gelandet war, verließ sie sie, so überschüttet von Segenswünschen, dass, wenn derlei Gut so schwerwiegend wäre, wie es wertvoll ist, ihr Boot auf den Grund gegangen wäre, ehe sie es noch über den Sund führen konnte.

Segnungen und gute Wünsche taten ihr auch sehr not, denn von Stund an begann ihre Tante, Frau Rangela, zu befürchten, dass sie von ihrer Nichte keine Unterstützung erwarten konnte, und sie bereute bitterlich, dass sie sie zu Herrn Eskils Ehefrau gemacht hatte. Sie, die mit solcher Leichtigkeit die arme Jungfrau erhöht hatte, fasste den Entschluss, sie, ehe sie noch weiteren Schaden anrichten konnte, aus ihrer hohen Stellung herabzureißen und sie in ihre frühere Unbemerktheit zurückzuversetzen.

Um ihrer Nichte leichter etwas anhaben zu können, verbarg sie jedoch bis auf weiteres ihre bösen Absichten und besuchte sie recht oft in Börtsholm. Da tat sie ihr Bestes, solchen Unfrieden zwischen den Hausgenossen und der jungen Schlossfrau zu stiften, dass diese ihres Amtes vielleicht müde wurde. Aber zu ihrer großen Verwunderung misslang ihr dies vollständig. Dies mochte zum Teil daher kommen, dass Frau Luzia es ungeachtet ihrer Jugend verstand, ihr Haus in trefflicher Ordnung zu halten, aber der eigentliche Grund war wohl der, dass Kinder wie Diener zu merken glaubten, dass die neue Hausfrau unter einer mächtigen himmlischen Schutzmacht stand, die ihre Widersacher strafte und all jenen, die ihr willig und gut dienten, unerwartete Vorteile verschaffte.

Frau Rangela merkte bald, dass sie hier nichts erreichen konnte, aber sie wollte die Hoffnung nicht aufgeben, bevor sie nicht auch einen Versuch mit Herrn Eskil gemacht hatte. Der weilte jedoch diesen Sommer meistens am Königshof, von langen und schwierigen Unterhandlungen festgehalten. Kam er einmal für ein paar Tage heim, so widmete er seine Zeit hauptsächlich den Vögten und Jägern. Den weiblichen Bewohnern von Börtsholm schenkte er nur zerstreute Aufmerksamkeit, und auch wenn Frau Rangela auf Besuch kam, hielt er sich fern, so dass es ihr niemals gelang, ihn unter vier Augen zu sprechen.

An einem schönen Sommertag, als Herr Eskil sich auf Börtsholm befand und gerade in seiner Stube im Gespräch mit seinem Stallvogt saß, hallte die Burg von so überlauten Schreien wider, dass er sein Gespräch mit dem Vogte unterbrach und hinauseilte, um zu sehen, was es gäbe.

Da fand er, dass seine Schwiegermutter, Frau Rangela, vor dem Burgtor zu Pferd saß und ärger kreischte als eine Eule.

»Ach, Eure armen Kinder, Herr Eskil!«, rief sie. »Sie sind in Seenot geraten. Sie kamen heute Morgen an mein Ufer gerudert, aber auf dem Heimweg muss sich ihr Boot mit Wasser gefüllt haben. Ich sah von daheim, wie schlimm es ihnen erging, und bin schnurstracks hierher geritten, um zu warnen. Ich sage auch, obwohl

Eure Frau meine eigene Nichte ist, es war schlecht von ihr, die Kinder allein in einem so morschen Boot fortzulassen. Das sieht in Wahrheit nach einem Stiefmutterstreich aus.«

Herr Eskil verschaffte sich mit einigen raschen Fragen Kenntnis, in welcher Richtung die Kinder sich befanden, und eilte dann, vom Vogt gefolgt, zur Bootstelle hinunter. Aber sie waren noch nicht weit gekommen, als sie Frau Luzia mit der ganzen Kinderschar den steilen Pfad heraufkommen sahen, der vom See nach Börtsholm führte.

Die junge Burgfrau hatte die Kinder diesmal nicht auf ihrer Fahrt begleitet, sondern war daheim ihren Verrichtungen nachgegangen. Aber es war so, als hätte sie eine Warnung der mächtigen himmlischen Helferin erhalten, die über sie wachte, denn ganz plötzlich hatte sie die Burg verlassen, um nach ihnen zu suchen. Da hatte sie gesehen, wie sie durch Winken und Schreien Hilfe vom Ufer herbeizurufen suchten, sie war in ihrem eigenen Boot zu ihnen hinausgeeilt, und es war ihr im letzten Augenblick gelungen, sie aus dem sinkenden Fahrzeug in das ihre hinüberzuretten.

Als nun Frau Luzia und ihre Stiefkinder den Strandweg hinaufwanderten, war sie so darin vertieft, die

Kinder auszufragen, wie sie in eine so arge Lage geraten waren, und diese so eifrig zu erzählen, dass sie gar nicht sahen, dass Herr Eskil ihnen entgegenkam. Aber er, der durch Frau Rangelas Worte von einem Stiefmutterstreich etwas nachdenklich geworden war, gab rasch seinem Vogt einen Wink und stellte sich mit ihm hinter einen der Heckenrosensträucher, die groß und üppig, fast den ganzen Strandhügel bedeckten, auf dem Börtsholm gelegen war.

Da hörte Herr Eskil, wie die Kinder Frau Luzia auseinandersetzten, dass sie in einem guten Boote von daheim fortgefahren seien, aber während sie bei Frau Rangela zu Gast waren, war ihr Fahrzeug mit einem alten schlechten vertauscht worden. Sie hatten den Tausch erst bemerkt, als sie schon weit draußen auf dem See waren und das Wasser bereits von allen Seiten hereinzuströmen begann, und sicherlich wären sie umgekommen, wenn ihre liebe Frau Mutter ihnen nicht so schleunig zu Hilfe gekommen wäre.

Es sah aus, als dämmerte Frau Luzia eine Ahnung auf, wie es sich in Wahrheit mit dieser Vertauschung der Boote verhielt, denn sie blieb totenbleich mitten auf dem Abhang stehen, mit tränenvollen Augen, die Hände ans Herz gedrückt. Die Kinder drängten sich um sie, um sie zu trösten. Sie sagten ihr, dass sie ja der Gefahr heil entronnen waren, aber sie blieb kraftlos und regungslos.

Da legten die zwei ältesten der Stiefkinder, ein paar kräftige junge Knaben von vierzehn und fünfzehn Jahren, ihre Hände zu einer kleinen Bahre zusammen und trugen sie so die Anhöhe hinauf, während die jüngeren, lachend und in die Hände klatschend, nachfolgten.

Während die kleine Schar so zwischen blühenden Rosen im Triumph nach Börtsholm hinaufzog, stand Herr Eskil recht versonnen da und blickte Frau und Kindern nach. Die junge Frau war ihm sehr hold und seltsam strahlend erschienen, als sie an ihm vorbeigetragen wurde, und vielleicht wünschte er, dass Alter und Würde ihm gestattet hätten, sie in seine Arme zu nehmen und sie in seine Burg zu tragen.

Vielleicht auch, dass Herr Eskil in diesem Augenblick bedachte, wie wenig Glück und wieviel Mühsal er im Dienst der hohen Herrschaften hatte, während vielleicht Friede und Freude hier am eigenen Herd auf ihn warteten. Diesen ganzen Tag schloss er sich jedenfalls nicht in seine Kammer ein, sondern verbrachte die Zeit damit, mit seiner Gemahlin zu plaudern und den Spielen der Kinder zuzusehen.

Frau Rangela hingegen sah all dies mit großem Missbehagen und beeilte sich, Börtsholm so rasch zu verlassen, als es anstandshalber ging. Aber da niemand sie ernsthaft zu bezichtigen wagte, das Leben ihrer Enkelkinder aufs Spiel gesetzt zu haben, um Frau Luzia die Ungnade ihres Herrn und Gebieters zuzuziehen, so wurde der freundschaftliche Umgang nicht abgebrochen, und sie konnte sich wie bisher bemühen, die junge Burgfrau ihrer hohen Stellung zu berauben.

Lange genug sah es doch aus, als sollten alle Versuche der alten Frau misslingen, denn Frau Luzias gutes Herz und ihr unantastbares Betragen machte sie im Verein mit der Hilfe ihrer himmlischen Schutzpatronin unverwundbar für alle Angriffe. Aber gegen Herbst ließ sich zu Frau Rangelas großer Freude ihre Nichte auf ein Vorhaben ein, das Herr Eskil kaum anders als missbilligen konnte.

Dieses Jahr war die Ernte aus Börtsholm so reichlich ausgefallen, dass sie die des vorigen Jahres, ja aller vorangegangenen Jahre, solange man zurückdenken konnte, bei weitem übertraf. Ebenso hatten sich Jagd und Fischerei mehr als doppelt so einträglich erwiesen wie gewöhnlich. Die Bienenkörbe quollen von Honig und Wachs über, und die Hopfengärten strotzten von Hopfen. Die Kühe schenkten Milch im Überfluss, die Wolle der Schafe wurde lang wie Gras, und die Schweine fraßen sich so fett, dass sie sich kaum rühren konnten. Alle, die auf der Burg wohnten, merkten diesen reichen Segen, und sie zögerten nicht, zu sagen, dass er um Frau Luzias willen auf den Hof einströmte.

Aber während man nun auf Börtsholm eifrig damit beschäftigt war, alle Erträge des Jahres zu bergen und zu verwerten, zeigten sich da eine große Menge notleidender Menschen, die alle vom östlichen oder nordöstlichen Ufer des großen Vänersees kamen. Sie schilderten mit vielen Tränen und kläglichen Gebärden, wie die ganze Gegend, aus der sie kamen, von einem Feindesheer heimgesucht war, das sengend, plündernd und mordend dahinzog. Die Kriegsknechte hatten solche Niedertracht an den Tag gelegt, dass sie sogar das Korn in Brand gesteckt hatten, das noch ungeerntet auf dem Acker stand, und alle Viehherden mit sich fortgetrieben hatten. Die Menschen, die mit dem Leben davongekommen waren, gingen dem Winter ohne ein Dach über dem Kopf und ohne Lebensmittel entgegen. Einige waren zum Betteln ausgezogen, andre hielten sich in den Wäldern verborgen, andre wieder wanderten auf den Brandstätten herum, unfähig, irgendeine Arbeit vorzunehmen, nur über alles wehklagend, was sie verloren hatten.

Als Frau Luzia diese Erzählungen hörte, quälte sie der Anblick all der Lebensmittel, die sich nun in Börtsholm anhäuften. Schließlich wurde der Gedanke an die hungernden Menschen auf der anderen Seite des Sees in ihr so übermächtig, dass sie kaum einen Bissen Speise an die Lippen führen konnte.

Immerzu dachte sie an Erzählungen, die sie im Kloster gehört, von heiligen Männern und Frauen, die sich bis auf den bloßen Körper ausgeplündert hatten, um den Armen und Elenden zu helfen. Und vor allem erinnerte sie sich, wie ihre eigene Schutzpatronin, die heilige Luzia von Syrakus, in der Barmherzigkeit gegen einen heidnischen Jüngling, der sie um ihrer schönen Augen willen liebte, so weit gegangen war, dass sie ihre Augen aus den Höhlen gerissen und sie ihm blutig und erloschen geschenkt hatte, um ihn dadurch von seiner Liebe zu ihr zu heilen, die eine christliche Jungfrau war und nicht die seine werden konnte. Die junge Frau quälte und ängstigte sich aufs höchste bei diesen Erinnerungen, und sie empfand große Verachtung vor sich selbst, dass sie von so viel Not hören konnte, ohne einen ernsten Versuch zu machen, sie zu bekämpfen.

Während sie noch von diesen Gedanken gequält wurde, kam Botschaft von Herrn Eskil, dass er in des Königs Auftrag eine Reise nach Norwegen machen musste und nicht vor Weihnachten daheim erwartet werden konnte. Aber dann würde er nicht nur von seinen eigenen sechzig Männern begleitet sein, sondern auch von einer großen Schar Verwandten und Freunden, weshalb er Frau Luzia bitten ließ, sich auf ein großes und langandauerndes Gastmahl gefasst zu machen.

Am selben Tag, an dem Frau Luzia so erfuhr, dass ihr Gatte im Herbst nicht heimkommen werde, ging sie daran, die Angst zu stillen, die sie nun schon so lange quälte. Sie ließ ihren Leuten befehlen, all die Lebensmittel, die in Börtsholm gelagert waren, an den Strand hinunterzubringen. So wurde denn der ganze Wintervorrat der Burg auf Schuten und Kähne verladen, sicherlich zur höchsten Verwunderung aller Bewohner der Burg.

Als Keller und Vorratskammern gründlich geleert waren, begab sich Frau Luzia, von ihren Kindern, ihren Dienern und Dienerinnen gefolgt, an Bord eines wohlbemannten Schiffes, und während sie in Börtsholm nur einige alte Wächter zurückließ, denen sie die Obhut über die Burg anvertraute, ließ sie sich mit ihrer ganzen

Ladung auf den großen See hinausrudern, der vor ihr lag, uferlos wie ein Meer.

Über diese Fahrt Frau Luzias finden sich viele alte Überlieferungen und Aufzeichnungen vor. So wird erzählt, dass der Teil des Vänerufers, an dem der Feind am schlimmsten gehaust hatte, bei ihrer Ankunft von seinen Einwohnern nahezu ganz verlassen war, Frau Luzia war ganz mutlos herangerudert und hatte nach irgendeinem Zeichen von Leben und Bewegung ausgespäht, aber kein Rauch war zum Himmel aufgestiegen, kein Hahn hatte gekräht, keine Kuh gebrüllt.

Hier hauste doch noch in einer Pfarrei ein alter Pfarrer, der Herr Kolbjörn genannt ward. Er hatte nicht mit seinen Schäflein ziehen wollen, als diese aus ihren zerstörten Häusern flüchteten, weil er den Pfarrhof und die Kirche voll Kriegsverwundeter hatte. Er war bei diesen geblieben, hatte ihre Wunden verbunden und das Wenige, was er sein eigen nannte, unter sie verteilt, ohne sich selbst Nahrung oder Ruhe zu gönnen. Davon war er so ermattet, dass er sich dem Tod nahe fühlte. So hatte denn an einem der dunkelsten Herbsttage, als schwere Wolken sich über den See türmten, als das Wasser sich mit schwarzen Wogen heranwälzte und die Düsterkeit der Natur all die Hoffnungslosigkeit und

Not noch steigerte, der arme Herr Kolbjörn, der keine Messe mehr zu lesen imstande war, versucht, den Strang der Kirchenglocke zu ziehen, um damit Gottes Segen auf seine Kranken herabzurufen. Und sieh da! Kaum waren die ersten Glockentöne verklungen, als eine kleine Flotte, aus Schiffchen und Lastkähnen bestehend, ans Land gerudert kam. Und aus einem Schiff stieg eine schöne junge Frau ans Land, mit einem Antlitz, das von Licht durchschimmert war. Vor ihr gingen acht herrliche Kinder, und hinter ihr kam eine lange Reihe von Dienern, die alle erdenklichen Lebensmittel trugen: ganze gebratene Kälber und Schafe, lange Spieße voll trockener Brotlaibe, Tonnen mit Dünnbier und Säcke voll Mehl. Hilfe war in letzter Stunde gekommen, wie durch ein Wunder.

Nicht weit von Herrn Kolbjörns Kirche, auf einer Landzunge, die scharf in den See hinausschoss und Scherenspitze genannt wurde, hatte seit urdenklichen Zeiten ein alter Bauernhof gestanden. Er war nun niedergebrannt und ausgeplündert, aber der Besitzer, ein siebzigjähriger Mann, hatte solche Liebe zu dem Hof, dass er es nicht übers Herz bringen konnte, ihn zu verlassen. Bei ihm war seine alte Ehefrau geblieben, ein kleiner Enkel und eine Enkelin. Diese hatten eine Zeitlang durch Fischerei ihr Leben gefristet, aber eines Nachts hatte der Sturm ihre Gerätschaften zerstört, und seither saßen sie unter den Trümmern da und warteten auf den Hungertod. Während sie so harrten, musste der Bauer an seinen Hund denken, der mitten unter ihnen lag, geduldig verschmachtend. Er ergriff einen Knüppel, und mit seinen letzten Kräften schlug er nach dem Hund, um ihn zu vertreiben, denn er wollte nicht, dass das Tier für etwas sterbe, was es gar nichts anging. Aber bei dem Schlag heulte der Hund laut auf und lief davon. Die ganze Nacht strich er unablässig heulend um den Hof herum. Und man hörte ihn weit hinaus auf den See, und ehe noch der Tag anbrach, ruderte Frau Luzia, von dem Gebell geleitet, mit Rettung und Hilfe ans Land.

Noch weiter weg lag ein kleines, von Mauern umfriedetes Haus, wo heilige Frauen wohnten, die Gott gelobt hatten, es niemals zu verlassen. Gegen diese frommen Schwestern hatten die Kriegführenden so viel Rücksicht gezeigt, dass sie sie selbst und ihr Haus verschont hatten, aber ihren ganzen Wintervorrat hatten sie ihnen geraubt. Das Einzige, was sie behalten durften, war ein Taubenschlag voll Tauben, und diese hatten sie eine nach der andern geschlachtet, bis nur mehr eine einzige übrig war. Aber diese Taube war sehr zahm, und die frommen Frauen hatten sie so lieb, dass sie ihr Leben nicht dadurch verlängern wollten, sie zu essen, sondern den Taubenschlag öffneten und ihr die Freiheit schenkten. Da stieg die weiße Taube zuerst hoch zum Himmel auf, dann schoss sie herab und setzte sich auf den Dachfirst. Aber als Frau Luzia am Ufer vorbeiruderte, nach jemandem ausspähend, der der Hilfe bedurfte, sah sie die Taube und sagte sich, dass, wo sie war, es auch noch Menschen geben musste. Und sie landete und schenkte den frommen Frauen so viele Nahrungsmittel, wie sie brauchten, um den Winter zu durchleben.

Noch weiter südwärts hatte am Vänerstrand ein kleiner Marktflecken gelegen, der ebenfalls eingeäschert und geplündert war. Einzig und allein die langen Pfahlbrücken, an denen die Schiffe in früheren Tagen anzulegen pflegten, standen noch da. Hier unter diesen Brücken hatte sich in den Tagen der Zerstörung ein Mann, der Krämer-Lasse genannt wurde, mit seiner Frau verborgen, und während das Kampfgetümmel über ihnen raste, hatte sie da ein Kind geboren. Aber seither war sie so schwer krank, dass sie nicht fliehen konnte, und der Mann war bei ihr geblieben. Nun war ihr Elend sehr groß, und tagtäglich bat die Frau den Mann, doch an sich selbst zu denken und sie ihrem Schicksal zu überlassen, aber er konnte sich nicht dazu entschließen, sondern weigerte sich. Da versuchte sie sich eines Nachts aus ihrem Schlupfwinkel zu erheben und sich mit dem Kind ins Wasser hinabgleiten zu lassen, denn sie dachte, wenn sie einmal tot waren, würde er fliehen und so sein Leben retten. Aber das Kind schrie in dem kalten Wasser laut auf, und der Mann erwachte. Er brachte sie beide wieder ans Land, aber das Kind war so erschrocken, dass es die ganze Nacht hindurch schrie. Und das Geschrei drang übers Wasser und rief die redliche Helferin herbei, die suchend und wartend über den See ruderte.

Solange sie noch Gaben übrighatte, fuhr Frau Luzia den Vänerstrand entlang, und es war ihr auf dieser Fahrt so froh und leicht ums Herz wie nie zuvor. Denn so wie es nichts Schwereres gibt, als still und untätig zu bleiben, wenn man von fremdem, schwerem Unglück erzählen hört, so bringt es jedem, der ihm auch nur im allergeringsten Maß abzuhelfen versucht, das größte Glück und die süßeste Ruhe. Diese Erleichterung und Freude ohne die leiseste Ahnung, dass ihr etwas Böses bevorstehen könnte, empfand sie noch, als sie am Vortag des Luziatages zu recht später Abendstunde nach

Börtsholm zurückkehrte. Bei der Abendmahlzeit, die aus nichts anderem bestand als einigen Humpen Milch, sprach sie mit ihren Reisegefährten von der schönen Fahrt, die sie gemacht hatten, und alle waren darin einig, dass sie nie freudevollere Tage erlebt hatten.

»Aber jetzt steht uns eine arbeitsame Zeit bevor«, fuhr sie fort. »Morgen dürfen wir den St. Luziatag nicht mit Essen und Trinken feiern wie in anderen Jahren. Wir müssen jetzt daran gehen, ohne Unterlass zu brauen, zu backen und zu schlachten, so dass wir den Weihnachtsschmaus zu Herrn Eskils Heimkehr fertig haben.«

Dies sagte die junge Frau ohne die mindeste Angst, denn sie wusste ja, dass ihre Viehställe und Scheuern und Vorratskammern von Gottes guten Gaben voll waren, wenn auch für den Augenblick nichts davon zu menschlicher Nahrung bereitet war.

So glücklich auch die Fahrt gewesen, waren doch alle Teilnehmer recht ermüdet und gingen zeitig zur Ruhe. Aber kaum hatte Frau Luzia ihre Augenlider zum Schlummer geschlossen, als vor der Burg Pferdegetrappel, Waffengeklirr und laute Rufe ertönten. Das Burgtor drehte sich knirschend in seinen Angeln, die Steine des Hofes wurden von eifrigen Füßen getreten. Sie begriff, dass Herr Eskil mit seiner Reiterschar heimgekehrt war.

Frau Luzia sprang in aller Eile aus dem Bett, um ihm entgegenzugehen. Nachdem sie ihre Kleidung notdürftig geordnet, eilte sie auf den Altan hinaus, um die Treppe zu erreichen, die in den Burghof hinunterführte. Aber sie kam nicht weiter als bis zur obersten Stufe, denn Herr Eskil stand schon mitten auf der Treppe, auf dem Weg zu ihrer Kammer.

Ein Fackelträger ging ihm voraus, und in dem Lichtschein glaubte Frau Luzia zu sehen, dass Herrn Eskils Gesicht in furchtbarer Weise vom Zorn gezeichnet war. Einen Augenblick hoffte sie, dass nur der rote rauchgeschwärzte Fackelschein sein Gesicht so dunkel und drohend machte, aber als sie sah, wie Kinder und Diener mit kläglichen Mienen und niedergeschlagenen Blicken vor ihm zurückwichen, musste sie sich sagen, dass ihr Mann sehr erzürnt heimgekommen war, bereit, Gericht zu halten und Strafe zu verhängen.

Während Frau Luzia so stand und auf Herrn Eskil hinuntersah, erblickte auch er sie, und mit steigender Angst merkte sie, wie sein Gesicht dabei von einem gezwungenen Lächeln verzerrt wurde. – »Kommt Ihr nun, holde Hausfrau, um mir eine Willkommensmahlzeit zu kredenzen?«, höhnte er. »Aber diesmal habt Ihr Euch umsonst gemüht, denn ich und meine Männer haben unser Abendmahl bei Eurer Tante, Frau Rangela, eingenommen. Aber morgen«, fügte er hinzu, und hier übermannte ihn der Zorn, so dass er mit der Hand auf das Treppengeländer schlug, »erwarten wir, dass Ihr uns zu Ehren Eurer Schutzheiligen Sancta Luzia mit einem so guten Frühmahl bewirtet, als das Haus es vermag, auch dürft Ihr nicht vergessen, mir beim ersten Hahnenschrei meinen Morgentrunk vorzusetzen.«

Nicht ein Wort vermochte die junge Schlossfrau zu erwidern. Gerade so wie im vorigen Sommer, als sie zum ersten Mal ahnte, dass Frau Rangela Böses gegen sie im Schilde führte, blieb sie stehen, die Hände ans Herz gedrückt, mit tränenvollen Augen. Denn sie musste sich ja sagen, dass es Frau Rangela war, die Herrn Eskil zur Unzeit heimgerufen und ihn gegen sie aufgehetzt hatte, indem sie ihm erzählte, wie Frau Luzia mit seinem Hab und Gut umgegangen war.

Aber Herr Eskil ging noch ein paar Schritte die Treppe hinauf, und ohne sich von der Angst seiner Frau im mindesten rühren zu lassen, beugte er sich zu ihr vor und sagte mit furchtbarer Stimme: »Bei unseres Heilands Kreuz, Frau Luzia, merkt es Euch wohl, wenn dieses Frühmahl mir nicht behagt, so werdet Ihr es Euer Lebtag bereuen!«

Damit legte er die Hand schwer auf die Schulter seiner Frau und schob sie vor sich in das Schlafgemach.

Auf dieser Wanderung in die Schlafkammer dünkte es Frau Luzia, dass etwas, was ihr bis dahin in seltsamer Weise verborgen gewesen war, ihr mit einem Mal offenbar wurde. Sie erkannte, dass sie eigenmächtig und gedankenlos gehandelt hatte und dass Herr Eskil wohl Grund haben mochte, ihr zu zürnen, dass sie, ohne ihn zu befragen, über sein Eigentum verfügt hatte. Sie versuchte auch jetzt, wo sie allein waren, ihm dies ruhig zu sagen und ihn zu bitten, ihre jugendliche Unbedachtsamkeit zu verzeihen, aber er ließ sie nicht zu Wort kommen. »Legt Euch nun zu Bett, Frau Luzia«, sagte er, »und hütet Euch wohl, vor der gewohnten Stunde aufzustehen! Wenn Euer Morgentrunk und Euer Willkommensmahl nicht zu meiner Zufriedenheit ausfallen, so werdet Ihr einen Weg zu laufen haben, zu dem Ihr alle Eure Kräfte brauchen könnt.«

Mit dieser Antwort musste sie sich zufrieden geben, obwohl sie ihre Furcht nur noch vermehrte, und man kann es wohl verstehen, dass in dieser ganzen Nacht kein Schlummer in ihre Augen kam. Sie lag da und vergegenwärtigte sich, was ihr Gatte gesagt hatte, und je mehr sie seine Worte überdachte, desto klarer wurde es ihr, dass er damit eine harte Drohung gegen sie ausgesprochen hatte. Sicherlich hatte er bei sich bestimmt, dass er sie nicht verurteilen wollte, ehe er nicht selbst erfahren hatte, ob sie so schlecht gehandelt, wie Frau Rangela wohl behauptet hatte. Aber war sie nicht imstande, ihn zu bewirten, wie er es begehrte, dann war es zweifellos, dass eine schreckliche Strafe auf sie wartete. Das Geringste war wohl, dass sie unwürdig erklärt wurde, länger seine Gemahlin zu sein, und zu ihren Eltern heimgeschickt wurde; aber aus den letzten Worten, die er geäußert, glaubte sie zu entnehmen, dass er sie obendrein dazu verurteilen wollte, zwischen seinen Knechten Spießruten zu laufen wie eine gewöhnliche Diebin.

Als sie zu der Überzeugung gelangt war, dass es sich so verhielt, was auch wirklich der Fall war, denn Frau Rangela hatte Herrn Eskil zu wahnsinniger Wut aufgestachelt, begann Frau Luzia zu zittern, ihre Zähne schlugen aufeinander, und sie glaubte sich dem Tod nahe. Sie wusste, dass sie die Stunden der Nacht dazu verwenden musste, Hilfe und Auswege zu finden, aber ihr großes Entsetzen lähmte sie, so dass sie regungslos liegen blieb. »Wie sollte es nur möglich sein, bis zum nächsten Morgen meinen Herrn und seine sechzig Mann zu speisen?«, dachte sie in ihrer Hoffnungslosigkeit. »Da kann ich ebenso gut still liegen, und warten, bis das Unglück über mich hereinbricht.«

Das Einzige, was sie in der Lage war, zu ihrer Rettung zu tun, war, Stunde für Stunde brennende Gebete zu Sancta Luzia von Syrakus emporzusenden. »O Sancta Luzia, meine teure Schutzpatronin«, bat sie, »morgen ist der Tag, an dem du den Märtyrertod erlittest und in das himmlische Paradies eingingst. Erinnere dich, wie dunkel und hart und kalt es ist, auf Erden zu leben. Komm zu mir in dieser Nacht und führe mich mit dir fort von hier! Komm und schließe meine Augen im Schlummer des Todes. Du weißt, dass dies mein einziger Ausweg ist, um Entehrung und schimpflicher Strafe zu entrinnen.«

Während sie so die Hilfe der heiligen Luzia anrief, vergingen die Stunden der Nacht, und der gefürchtete Morgen näherte sich. Viel früher, als sie es erwartet hatte, ertönte der erste Hahnenschrei; die Knechte, die das Vieh zu versorgen hatten, wanderten über den Burghof zu ihren Verrichtungen, und die Pferde richteten sich lärmend in ihren Ställen auf.

»Jetzt erwacht auch Herr Eskil«, dachte sie. »Gleich wird er mir befehlen, seinen Morgentrunk zu holen, und dann muss ich eingestehen, dass ich so töricht gehandelt habe, dass ich weder Eier noch Met besitze, den ich ihm wärmen kann.«

In diesem Augenblick der höchsten Gefahr für die junge Burgfrau konnte ihre himmlische Freundin, die heilige Luzia, die sich wohl sagen musste, dass ihr Schützling nur aus allzu großer Barmherzigkeit gefehlt hatte, nicht länger ihrer Lust widerstehen, ihr beizuspringen. Der irdische Leib der Heiligen, der Hunderte von Jahren in der engen Grabkammer in den Katakomben von Syrakus geruht hatte, erfüllte sich mit einem Mal mit lebendigem Geist, nahm seine Schönheit und den Gebrauch seiner Glieder wieder an, hüllte sich in ein Kleid, aus Sternenlicht gewoben, und begab sich wiederum in jene Welt hinaus, wo sie einst gelitten und geliebt hatte.

Und nur wenige Augenblicke später sah der verdutzte Wächter im Pförtnerturm zu Börtsholm, wie ein nächtliches Wunder, eine Feuerkugel, ganz weit im Süden auftauchte. Sie durchschnitt die Luft so rasch, dass das Auge dem Flug nicht folgen konnte, kam gerade auf Börtsholm zu, flog so nahe an dem Wächter vorbei, dass sie ihn fast streifte, und war verschwunden. Aber auf diesem Feuerball, so wollte es zumindest dem Wächter scheinen, schwebte eine junge Jungfrau so, dass sie sich mit den Zehenspitzen darauf stützte, während sie die Arme hoch erhoben hielt und sich gewissermaßen gaukelnd und tanzend des glühenden Schiffchens bediente.

Nahezu im selben Augenblick sah die in Angst und Beben wachende Frau Luzia einen Schimmer durch einen Türspalt der Schlafkammer dringen. Und als sich gleich darauf die Türe auftat, trat zu ihrer Verwunderung und Freude eine schöne Jungfrau in Gewändern so weiß wie Sternenlicht in das Gemach. Ihr langes schwarzes Haar war mit einer Pflanzenranke gebunden, aber an dieser Ranke saßen nicht gewöhnliche Blätter und Blumen, sondern blinkende Sternlein. Diese Sternlein erhellten die ganze Kammer, und doch schien es Frau Luzia, dass sie ein Nichts waren gegen die Augen der holden Fremden, die nicht nur in dem klarsten Glanz schimmerten, sondern auch himmlische Liebe und Barmherzigkeit ausstrahlten.

In der Hand trug die fremde Jungfrau eine große Kupferkanne, aus der ein milder Duft von edlem Traubensaft drang, und mit dieser schwebte sie durch die

Kammer zu Herrn Eskil hin, goss von dem Wein in eine kleinere Schale und bot ihm zu trinken.

Herr Eskil, der gut geschlafen hatte, erwachte, als der Lichtschein auf seine Augenlider fiel und führte die Schale an seine Lippen. In dem halbwachen Zustand, in dem er sich befand, erfasste er kaum mehr von dem Wunder, als dass der Wein, der ihm kredenzt wurde, sehr wohlschmeckend war, und er leerte die Schale bis auf den letzten Tropfen.

Aber dieser Wein, der kaum etwas anderes sein konnte, als der edle Malvasier, der Ruhm des Südens und aller Weine Krone, war so schlafbringend, dass er kaum die Schale niedergestellt hatte, als er schon schlafend in sein Bett zurücksank. Und im selben Augenblick schwebte die schöne heilige Jungfrau aus dem Zimmer, Frau Luzia in einem Zustand bebender Verwunderung und neu erwachter Hoffnung zurücklassend.

Die lichte Helferin begnügte sich aber nicht damit, nur Herrn Eskil zu bewirten. An dem dunklen kalten Wintermorgen durchwanderte sie die düsteren Säle der schwedischen Burg, und jedem der schlummernden Kriegsknechte bot sie eine Schale des freudenbringenden Weins aus dem Süden.

Allen, die ihn tranken, schien es, dass sie himmlische Wollust gekostet hatten. Sie zögerten auch nicht, sofort in einen Schlummer zu versinken, von Träumen von Gefilden erfüllt, wo ewiger Sommer und ewige Sonne herrschten.

Aber kaum hatte Frau Luzia die holde Erscheinung verschwinden gesehen, als die Angst und die Ohnmacht, die sie die ganze Nacht bedrückt hatten, ganz und gar von ihr wichen. Sie legte rasch ihre Kleider an und rief dann alle Hausgenossen zur Arbeit.

Den langen Wintermorgen waren diese alle damit beschäftigt, Herrn Eskils Willkommensmahl zu bereiten. Junge Kälber, Ferkel, Gänse und Hühner mussten in aller Eile ihr Leben lassen, Teige wurden geknetet, Feuer unter den Bratspießen und in den Backöfen entzündet, Kohl wurde geschmort, Rüben geschält und Honigkuchen zum Nachtisch gebacken.

Die Tische im Bankettsaal wurden mit Tüchern bedeckt, die teuren Wachskerzen aus den tiefen Truhen ausgepackt, und auf die Bänke wurden blaue Federpolster und Gewebe gebreitet.

Während all dieser Vorbereitungen schliefen der Burgherr und seine Männer weiter. Als Herr Eskil endlich erwachte, sah er an dem Stand der Sonne, dass die

Mittagsstunde angebrochen war. Er verwunderte sich nicht nur über seinen langen Schlummer, sondern vielleicht noch mehr darüber, dass er den Verdruss verschlafen hatte, der ihn am vorigen Abend gequält hatte. Seine Frau hatte sich ihm in seinen Morgenträumen in großer Sanftmut und Holdseligkeit gezeigt, und er wunderte sich nun über sich selbst, dass er sich versucht gefühlt hatte, sie zu einer harten schimpflichen Strafe zu verurteilen.

»Vielleicht steht es doch nicht so schlimm, wie Frau Rangela mir vorgespiegelt hat«, dachte er. »Freilich kann ich sie nicht als meine Gemahlin behalten, wenn sie mein Hab und Gut vergeudet hat, aber es mag genügen, sie ohne weitere Strafe zu ihren Eltern heimzuschicken.«

Als er aus seiner Kammer trat, empfingen ihn seine acht Kinder, die ihn in den Bankettsaal führten. Da saßen seine Männer schon auf den Bänken und warteten ungeduldig auf sein Erscheinen, um die Mahlzeit in Angriff nehmen zu können. Denn die Tische vor ihnen bogen sich unter allen erdenklichen Speisen.

Frau Luzia setzte sich, ohne irgendwelche Angst zu zeigen, an die Seite ihres Mannes; doch war sie nicht von aller Unruhe befreit, denn wenn sie auch in aller Eile eine Mahlzeit hatte vorbereiten können, war sie doch ganz ohne Bier und Met, die sich nicht so rasch herstellen ließen. Und sie war sehr im Zweifel, ob Herr Eskil sich bei einem Frühmahl, bei dem es an Trinkwaren fehlte, gut verpflegt fühlen würde.

Aber da entdeckte sie auf dem Tisch vor sich die große Kupferkanne, die die heilige Jungfrau getragen hatte. Die stand da, bis an den Rand mit duftendem Wein gefüllt. Wieder fühlte sie innige Freude über den Schutz der barmherzigen Heiligen, und sie bot Herrn Eskil von dem Wein, während sie ihm erzählte, wie er nach Börtsholm gekommen war, was Herr Eskil mit der allergrößten Verwunderung vernahm.

Als Herr Eskil ein paarmal von dem Wein gekostet hatte, der doch diesmal nicht einschläfernd, sondern nur belebend und veredelnd wirkte, fasste Frau Luzia wieder Mut und erzählte ihm von ihrer Fahrt. Anfangs saß Herr Eskil sehr ernst da, aber als sie von dem Pfarrer, Herrn Kolbjörn, zu erzählen anfing, da rief er: »Herr Kolbjörn ist mir ein treuer Freund, Frau Luzia. Ich bin von Herzen froh, dass Ihr ihm beistehen konntet.«

In gleicher Weise stellte es sich heraus, dass der Großbauer auf der Schereninsel Herrn Eskils Kamerad in vielen Feldzügen gewesen war, dass unter den frommen Frauen sich eine seiner Cousinen befunden hatte, und dass Krämer-Lasse im Marktflecken ihm Kleider und Waffen aus dem Ausland zu verschaffen pflegte. Ehe noch Frau Luzia zu Ende gesprochen hatte, war Herr Eskil nicht nur bereit, ihr zu verzeihen, sondern er war ihr von Herzen dankbar, weil sie so vielen seiner Freunde geholfen hatte.

Aber die Angst, die Frau Luzia in der Nacht durchgemacht hatte, drang noch einmal auf sie ein, und sie hatte Tränen in der Stimme, als sie endlich sagte: »Nun scheint es mir selbst, lieber Herr, dass ich sehr übel daran getan habe, ohne Euch um Erlaubnis zu fragen, Euer Eigentum zu verschenken. Aber ich bitte Euch, meine große Jugend und Unerfahrenheit zu bedenken und mir um derentwillen zu vergeben.«

Als Frau Luzia so sprach und Herr Eskil sich nun bewusst wurde, dass seiner Frau so große Frömmigkeit eigen war, dass eine der Bewohnerinnen des Himmels ihre irdische Gestalt wieder angenommen hatte, um ihr zu Hilfe zu eilen, und als er ferner bedachte, wie er, der für einen weisen, weitblickenden Mann gelten wollte, sie verdächtigt hatte und nahe daran gewesen war, seinen Zorn über sie zu ergießen, da empfand er so heftige Scham, dass er die Augen niederschlug und nicht imstande war, ihr mit einer Silbe zu antworten.

Als Frau Luzia ihn stumm mit gesenktem Kopfe sitzen sah, kehrte ihre Angst wieder, und sie wäre am liebsten weinend von ihrem Platz geflüchtet. Aber da kam, ungesehen von allen, die barmherzige heilige Luzia in den Saal, schmiegte sich an die junge Frau und flüsterte ihr ins Ohr, was sie weiter sagen sollte. Und diese Worte waren gerade die, welche Frau Luzia auszusprechen gewünscht hatte, aber ohne die himmlische Ermutigung hätte sie sich in ihrer Schüchternheit wohl nie dazu entschlossen.

»Noch um *eines* will ich Euch bitten, mein teurer Herr und Gemahl«, sagte sie, »und das wäre, dass Ihr mehr daheim weilen möget. Dann würde ich nie in die Versuchung kommen, gegen Euren Willen zu handeln, auch könnte ich Euch dann all die Liebe zeigen, die ich für Euch fühle, so dass sich niemand zwischen Euch und mich drängen könnte.«

Als diese Worte gesagt waren, merkten alle, dass sie außerordentlich nach Herrn Eskils Sinn waren. Er erhob den Kopf, und die große Freude, die er fühlte, verjagte seine Scham.

Eben wollte er seiner Frau die liebreichste Antwort geben, als einer von Frau Rangelas Vögten in den Bankettsaal gestürzt kam. Er erzählte mit hastigen Worten, dass Frau Rangela zu früher Morgenstunde nach Börtsholm aufgebrochen war, um zu Frau Luzias Bestrafung rechtzeitig zu kommen. Aber unterwegs war sie etlichen Bauern begegnet, die sie schon lange des Brückengeldes wegen hassten, und als diese sie in nächtlicher Dunkelheit trafen, von einem einzigen Diener begleitet, hatten sie zuerst diesen in die Flucht gejagt, dann hatten sie Frau Rangela vom Pferd gerissen und sie jämmerlich ermordet.

Nun war Frau Rangelas Vogt auf der Suche nach den Mördern, und er bat darum, dass auch Herr Eskil Männer aussende, um sich an der Suche zu beteiligen.

Aber da erhob sich Herr Eskil und sprach mit strenger lauter Stimme: »Es mag den Anschein haben, als wäre es am schicklichsten, dass ich nun meiner Frau auf ihre Bitten Antwort gäbe, aber ehe ich dies tue, will ich zuerst mit Frau Rangela fertig sein. Und nun sage ich, meinetwegen mag sie für immer ungerächt daliegen, und nimmermehr will ich meine Diener aussenden, um Bluthandwerk um ihretwillen zu üben, denn ich glaube sicherlich, sie ist über ihre eigenen Taten gefallen.«

Als dies gesagt war, wandte er sich Frau Luzia zu, und nun war seine Stimme so mild, dass man kaum glauben konnte, dass ein solcher Ton in seiner Kehle wohne.

»Aber meiner lieben Hausfrau will ich nun sagen, dass ich ihr von Herzen gern verzeihe, ebenso wie ich hoffe, dass sie meine Heftigkeit entschuldigen möge. Und da es ihr Wunsch ist, werde ich den König bitten, dass er einen anderen als mich zu seinem Ratgeber wählen möge, denn ich will nun in den Dienst zweier edler Damen treten. Die eine davon ist meine Frau, die andre die heilige Luzia von Syrakus, der ich in all den Kirchen und Kapellen, die ich auf meinen Gütern habe, Altäre errichten will, sie bittend, dass sie bei uns, die wir in der Kälte des Nordens schmachten, jenen Funken und Leitstern der Seele brennend erhalten möge, der da heißt Barmherzigkeit.

Am dreizehnten Dezember zu früher Morgenstunde, wenn Kälte und Finsternis Gewalt über Värmland hatten, kehrte noch in meiner Kindheit die heilige Luzia von Syrakus in allen Häusern ein, die zwischen den Bergen Norwegens und dem Gullspångälv zerstreut lagen. Sie trug noch, wenigstens in den Augen der Kinder, ein Kleid weiß von Sternenlicht, sie hatte im Haar einen grünen Kranz mit brennenden Lichterblumen, und sie weckte stets die Schlummernden mit einem warmen duftenden Trunk aus ihrer Kupferkanne.

Nie sah ich zu jener Zeit ein herrlicheres Bild, als wenn die Türe sich auftat und sie in das Dunkel der Kammer trat. Und ich wünschte, dass sie nie aufhörte, sich in den Heimstätten Värmlands zu zeigen. Denn sie ist das Licht, dass die Dunkelheit bezwingt, sie ist die Legende, die die Vergessenheit überwindet, sie ist die Herzenswärme, die vereiste Gefilde mitten im harten Winter lieblich und sonnig macht.

Die Legende
von der Christrose

Die Räubermutter, die in der Räuberhöhle oben im Göinger Wald hauste, hatte sich eines Tages auf einen Bettelzug in das Flachland hinunterbegeben. Der Räubervater selbst war ein friedloser Mann und durfte den Wald nicht verlassen, sondern musste sich damit begnügen, den Wegfahrenden aufzulauern, die sich in den Wald wagten; doch zu der Zeit, als der Räubervater und die Räubermutter sich in dem Göinger Wald aufhielten, gab es im nördlichen Schonen nicht allzu viel Reisende. Wenn es sich also begab, dass der Räubervater ein paar Wochen lang Pech mit seiner Jagd hatte, dann machte sich die Räubermutter auf die Wanderschaft. Sie nahm ihre fünf Kinder mit, und jedes der Kleinen hatte zerfetzte Fellkleider und Holzschuhe und trug auf dem Rücken einen Sack, der gerade so lang war wie es selbst. Wenn die Räubermutter zu einer Haustür hereinkam, dann wagte niemand, ihr das zu verweigern, was sie verlangte, denn sie zögerte keinen Augenblick, in der nächsten Nacht zurückzukehren und das

Haus anzuzünden, in dem man sie nicht freundlich aufgenommen hatte. Die Räubermutter und ihre Nachkommenschaft waren ärger als die Wolfsbrut, und gar mancher hatte Lust, ihnen seinen guten Speer nachzuwerfen, aber dies geschah niemals; denn man wusste, dass der Mann dort oben im Wald hauste und sich zu rächen wissen würde, wenn den Kindern oder der Alten etwas geschähe.

Wie nun die Räubermutter so von Hof zu Hof zog und bettelte, kam sie eines schönen Tages nach Öved, das zu jener Zeit ein Kloster war. Sie klingelte an der Klosterpforte und verlangte etwas zu essen, und der Türhüter ließ ein kleines Schiebfensterchen herab und reichte ihr sechs runde Brote, eines für sie und eines für jedes Kind.

Aber während die Räubermutter so still vor der Klosterpforte stand, liefen ihre Kinder umher. Und nun kam eines von ihnen heran und zupfte sie am Rock, zum Zeichen, dass es etwas gefunden hätte, was sie sich ansehen sollte, und die Räubermutter ging auch gleich mit ihm.

Das ganze Kloster war von einer hohen, starken Mauer umgeben, aber der kleine Junge hatte es zustande gebracht, ein kleines Hintertürchen zu finden, das angelehnt stand. Als die Räubermutter hinkam, stieß sie sogleich das Pförtchen auf und trat, ohne erst viel zu fragen, ein, wie es eben bei ihr der Brauch war.

Aber das Kloster Öved wurde zu jener Zeit von Abt Johannes regiert, der ein gar pflanzenkundiger Mann war. Er hatte sich hinter der Klostermauer einen kleinen Lustgarten angelegt, und in diesen drang nun die Räubermutter ein.

Im ersten Augenblick war sie so erstaunt, dass sie regungslos stehen blieb. Es war Hochsommerzeit, und der Garten des Abtes Johannes stand so voll von Blumen, dass es einem blau und rot und gelb vor den Augen flimmerte, wenn man hineinsah. Aber bald zeigte sich ein vergnügtes Lächeln auf dem Gesicht der Räubermutter, und sie begann einen schmalen Gang hinunterzugehen, der zwischen vielen kleinen Blumenbeeten durchlief.

Im Garten stand der Laienbruder, der Gärtnergehilfe war, und jätete das Unkraut. Er war es, der die Tür in der Mauer halb offen gelassen hatte, um Queckengras und Melde auf den Kehrichthaufen davor werfen zu können. Als er die Räubermutter mit ihren fünf Bälgern hinter sich her in den Lustgarten treten sah, stürzte er ihnen sofort entgegen und befahl ihnen, sich zu trollen.

Aber die alte Bettlerin ging weiter, als sei nichts geschehen. Sie ließ die Blicke hinauf und hinab wandern, sah bald die starren weißen Lilien an, die sich auf einem Beet ausbreiteten, und bald den Efeu, der die Klosterwand hoch emporkletterte, und kümmerte sich nicht im Geringsten um den Laienbruder.

Der Laienbruder dachte, sie hätte ihn nicht verstanden. Da wollte er sie am Arm nehmen, um sie nach dem Ausgang umzudrehen. Aber als die Räubermutter seine Absicht merkte, warf sie ihm einen Blick zu, vor dem er zurückprallte. Sie war unter ihrem Bettelsack mit gebeugtem Rücken gegangen, aber jetzt richtete sie sich zu ihrer vollen Höhe auf. – »Ich bin die Räubermutter aus dem Göinger Wald«, sagte sie, »rühr mich nur an, wenn du es wagst.« Und es sah aus, als ob sie nach diesen Worten ebenso sicher wäre, in Frieden von dannen zu ziehen, als hätte sie verkündet, dass sie die Königin von Dänemark sei.

Aber der Laienbruder wagte es dennoch, sie zu stören, obwohl er jetzt, wo er wusste, wer sie war, recht sanftmütig zu ihr sprach. – »Du musst wissen, Räubermutter«, sagte er, »dass dies ein Mönchskloster ist, und dass es keiner Frau im Land gestattet wird, hinter diese Mauer zu kommen. Wenn du nun nicht deiner Wege gehst, dann werden die Mönche mir zürnen, weil ich vergessen habe, das Tor zu schließen, und sie werden mich vielleicht von Kloster und Garten verjagen.«

Doch solche Bitten waren an die Räubermutter verschwendet. Die ging weiter durch die Rosenbeete und guckte sich den Ysop an, der mit lilafarbenen Blüten bedeckt war, und das Geißblatt, das voll rotgelber Blumentrauben hing.

Da wusste sich der Laienbruder keinen anderen Rat, als in das Kloster zu laufen und um Hilfe zu rufen.

Er kam mit zwei handfesten Mönchen zurück, und die Räubermutter sah sofort, dass es nun Ernst wurde. Sie stellte sich breitbeinig in den Weg und begann mit gellender Stimme herauszuschreien, welche furchtbare Rache sie an dem Kloster nehmen würde, wenn sie nicht im Lustgarten bleiben dürfte, solange sie wollte. Aber die Mönche meinten, dass sie sie nicht zu fürchten brauchten, und sie dachten nur daran, sie zu vertreiben. Da stieß die Räubermutter schrille Schreie aus, stürzte sich auf sie und kratzte und biss, und ebenso machten es alle ihre Sprossen. Die drei Männer merkten bald, dass sie ihnen überlegen war. Es blieb ihnen nichts anderes übrig, als in das Kloster zu gehen und Verstärkung zu holen.

Wie sie über den Pfad liefen, der in das Kloster führte, begegneten sie dem Abt Johannes, der herbeigeeilt war, um zu sehen, was für ein Lärm das wäre, den man vom Lustgarten hörte. Da mussten sie gestehen, dass die Räubermutter aus dem Göinger Walde in das Kloster gedrungen war; sie hätten es nicht geschafft, sie zu vertreiben, und wollten sich nun Verstärkung herbeischaffen.

Aber Abt Johannes tadelte sie, dass sie Gewalt angewendet hätten, und verbot ihnen, um Hilfe zu rufen. Er schickte die beiden Mönche zu ihrer Arbeit zurück, und obgleich er ein alter, gebrechlicher Mann war, nahm er nur den Laienbruder mit in den Garten.

Als Abt Johannes dort ankam, ging die Räubermutter wie zuvor zwischen den Beeten umher. Und er konnte sich nicht genug über sie wundern. Er war ganz sicher, dass die Räubermutter nie zuvor in ihrem Leben einen Lustgarten gesehen hätte. Aber wie dem auch sein mochte – sie ging zwischen allen den kleinen Beeten umher, die jedes mit einer anderen Art fremder und seltsamer Blumen bepflanzt waren, und betrachtete sie, als wären es alte Bekannte. Es sah aus, als hätte sie schon öfters Immergrün und Salbei und Rosmarin gesehen. Einigen lächelte sie zu, und über andere wiederum schüttelte sie den Kopf.

Abt Johannes liebte seinen Garten mehr als alle anderen Dinge, die irdisch und vergänglich sind. So wild und grimmig die Räubermutter auch aussah, so konnte er es doch nicht lassen, Gefallen daran zu finden, dass sie mit drei Mönchen gekämpft hatte, um ihn in Ruhe zu betrachten. Er ging auf sie zu und fragte sie freundlich, ob ihr der Garten gefalle.

Die Räubermutter drehte sich heftig zu Abt Johannes um, denn sie war nur auf Hinterhalt und Überfall gefasst, aber als sie seine weißen Haare und seinen gebeugten Rücken sah, da antwortete sie ganz freundlich: »Als ich ihn zuerst sah, da schien es mir, als ob ich nie etwas Schöneres gesehen hätte, aber jetzt merke ich, dass er sich mit einem anderen nicht messen kann, den ich kenne.«

Abt Johannes hatte sicherlich eine andere Antwort erwartet. Als er hörte, dass die Räubermutter einen Lustgarten kennte, der schöner wäre, als der seine, bedeckten sich seine runzeligen Wangen mit einer schwachen Röte.

Der Gärtnergehilfe, der danebenstand, begann auch gleich die Räubermutter zurechtzuweisen. – »Dies ist Abt Johannes, Räubermutter«, sagte er, »der selber mit großem Fleiß und Mühe von fern und nah die Blumen für seinen Garten gesammelt hat. Wir wissen alle, dass es im ganzen schonischen Land keinen reicheren Lustgarten gibt, und es steht dir, die du das ganze liebe Jahr im wilden Wald hausest, wahrlich übel an, sein Werk tadeln zu wollen.«

»Ich will niemand tadeln, weder ihn, noch dich«, sagte die Räubermutter, »ich sage nur, wenn ihr den Lustgarten sehen könntet, an den ich denke, dann würdet ihr jegliche Blume, die hier steht, ausraufen und sie als Unkraut fortwerfen.«

Aber der Gärtnergehilfe war kaum weniger stolz auf die Blumen als Abt Johannes selbst, und als er diese Worte hörte, begann er höhnisch zu lachen. – »Ich kann mir wohl denken, dass du nur so schwätzest, Räubermutter, um uns zu reizen«, sagte er, »das wird mir ein schöner Garten sein, den du dir unter Tannen und Wacholderbüschen im Göinger Wald eingerichtet hast! Ich wollte meine Seele verwetten, dass du überhaupt noch nie hinter einer Gartenmauer gewesen bist.«

Die Räubermutter wurde rot vor Ärger, dass man ihr also misstraute, und sie rief: »Es mag wohl sein, dass ich niemals vor heute hinter einer Gartenmauer gestanden habe, aber ihr Mönche, die ihr heilige Männer seid, solltet wohl wissen, dass der große Göinger Wald sich in jeder Weihnachtsnacht in einen Lustgarten verwandelt, um die Geburtsstunde unseres Herrn und Heilands zu feiern. Wir, die wir im Wald leben, haben dies nun jedes Jahr geschehen sehen, und in diesem Lustgarten habe ich so herrliche Blumen geschaut, dass ich es nicht wagte, die Hand zu erheben, um sie zu brechen.«

Da lachte der Laienbruder noch lauter und stärker: »Es ist gar leicht für dich, dazustehen und mit derlei zu prahlen, was kein Mensch sehen kann. Aber ich kann nicht glauben, es könnte etwas anderes als Lüge sein, dass der Wald Christi Geburtsstunde an einer solchen Stelle feiern sollte, wo so unheilige Leute wohnen, wie du und der Räubervater.« – »Und das, was ich sage, ist doch ebenso wahr«, entgegnete die Räubermutter, »wie dass du es nicht wagen würdest, in einer Weihnachtsnacht in den Wald zu kommen, um es zu sehen.« Der Laienbruder wollte ihr von neuem antworten, aber Abt Johannes bedeutete ihn durch ein Zeichen, stillzuschweigen. Denn Abt Johannes hatte schon seit seiner Kindheit erzählen hören, dass der Wald sich in der Weihnachtsnacht in ein Feierkleid hülle. Er hatte sich oft danach gesehnt, es zu sehen, aber es war ihm niemals gelungen. Nun begann er die Räubermutter gar eifrig zu bitten und anzurufen, sie möge ihn um die Weihnachtszeit in die Räuberhöhle kommen lassen. Wenn sie nur eins ihrer Kinder schickte, ihm den Weg zu zeigen, dann wolle er allein hinaufreiten, und er würde sie nie und nimmer verraten, sondern sie im Gegenteil so reich belohnen, wie es nur in seiner Macht stünde.

Die Räubermutter weigerte sich zuerst, denn sie dachte an den Räubervater und an die Gefahr, der sie ihn preisgab, wenn sie Abt Johannes in ihre Höhle kommen ließe; aber dann wurde doch der Wunsch, ihm zu zeigen, dass der Lustgarten, den sie kannte, schöner sei als der seinige, in ihr übermächtig, und sie gab nach.

»Aber mehr als einen Begleiter darfst du nicht mitnehmen«, sagte sie. »Und du darfst uns keinen Hinterhalt und keine Falle stellen, so gewiss du ein heiliger Mann bist.«

Dies versprach Abt Johannes, und damit ging die Räubermutter. Aber Abt Johannes befahl dem Laienbruder, niemand zu verraten, was nun vereinbart worden war. Er fürchtete, dass seine Mönche, wenn sie von seinem Vorhaben etwas erführen, einem alten Mann, wie er es war, nicht gestatten würden, hinauf in die Räuberhöhle zu ziehen.

Auch er selbst wollte den Plan keiner Menschenseele verraten. Aber da begab es sich, dass Erzbischof Absalon aus Lund gereist kam und eine Nacht in Öved verbrachte. Als nun Abt Johannes ihm seinen Garten zeigte, fiel ihm der Besuch der Räubermutter ein; und der Laienbruder, der dort umherging und arbeitete, hörte, wie der Abt dem Bischof vom Räubervater erzählte, der nun so viele Jahre vogelfrei im Walde gehaust hätte, und um einen Freibrief für ihn bat, damit er wieder ein ehrliches Leben unter anderen Menschen führen könnte. – »Wie es jetzt geht«, sagte Abt Johannes, »wachsen seine Kinder zu ärgeren Missetätern heran, als er selbst einer ist, und Ihr werdet es dort oben im Wald bald mit einer ganzen Räuberbande zu tun bekommen.«

Doch Erzbischof Absalon erwiderte, dass er den bösen Räuber nicht auf die ehrlichen Leute im Land loslassen wolle. Es sei für alle am besten, wenn er dort oben in seinem Wald bliebe.

Da wurde Abt Johannes eifrig und begann dem Bischof vom Göinger Wald zu erzählen, der sich jedes Jahr rings um die Räuberhöhle in Weihnachtsschmuck kleide. »Wenn diese Räuber nicht schlimmer sind, als dass Gottes Herrlichkeit sich ihnen zeigen will«, sagte er, »so können sie wohl auch nicht zu schlecht sein, um die Gnade der Menschen zu erfahren.«

Aber der Erzbischof wusste Abt Johannes zu antworten. – »So viel kann ich dir versprechen, Abt Johannes«, sagte er und lächelte, »an welchem Tag immer du mir eine Blume aus dem Weihnachtsgarten im Göinger Walde schickst, will ich dir einen Freibrief für alle Friedlosen geben, für die du mich bitten magst.«

Der Laienbruder sah, dass Bischof Absalon ebenso wenig wie er selbst an die Geschichte der Räubermutter glaubte, aber Abt Johannes merkte nichts davon, sondern dankte Absalon für sein gütiges Versprechen und sagte, die Blume wollte er ihm schon schicken.

* * *

Abt Johannes setzte seinen Willen durch, und am nächsten Weihnachtsabend saß er nicht daheim in Öved, sondern war auf dem Weg nach Göinge. Einer der wilden Jungen der Räubermutter lief vor ihm her, und zum Geleit hatte er den Knecht, der im Lustgarten mit der Räubermutter gesprochen hatte.

Abt Johannes hatte sich den ganzen Herbst über schon sehr danach gesehnt, diese Fahrt anzutreten, und freute sich nun sehr, dass sie zustande gekommen war. Aber ganz anders stand es mit dem Laienbruder, der ihm folgte. Er hatte Abt Johannes von Herzen lieb und würde es nicht gern einem anderen überlassen haben, ihn zu begleiten und über ihn zu wachen, aber er glaubte keineswegs, dass sie einen Weihnachtsgarten zu Gesicht bekommen würden, er dachte nichts anderes, als dass das Ganze eine Falle sei, die die Räubermutter mit großer Schlauheit Abt Johannes gelegt hätte, damit er ihrem Mann in die Hände falle.

Während Abt Johannes nordwärts zur Waldgegend ritt, sah er, wie überall Anstalten getroffen wurden, das Weihnachtsfest zu feiern. In jedem Bauerndorf machte man Feuer in der Badehütte, damit sie zum nachmittägigen Bad warm sei. Aus den Vorratskammern wurden große Mengen von Fleisch und Brot in die Hütten getragen, und aus den Scheunen kamen die Burschen mit großen Strohgarben, die über den Boden gestreut werden sollten.

Als er an dem kleinen Dorfkirchlein vorüberritt, sah er, wie der Priester und seine Küster vollauf damit beschäftigt waren, sie mit den besten Geweben zu behängen, die sie nur hatten auftreiben können; und als er zu dem Weg kam, der zum Kloster Bosjö führte, sah er die

Armen des Klosters mit großen Brotlaiben und langen Kerzen daherwandern, die sie an der Klosterpforte bekommen hatten.

Als Abt Johannes alle diese Weihnachtsvorbereitungen sah, da spornte er zur Eile an. Denn er dachte daran, dass auf ihn ein größeres Fest warte, als irgendeiner der anderen feiern sollte.

Doch der Knecht jammerte und klagte, als er sah, wie sie sich auch in der kleinsten Hütte daran machten, das Weihnachtsfest zu feiern. Und er wurde immer ängstlicher und bat und beschwor Abt Johannes, umzukehren und sich nicht freiwillig in die Hände der Räuber zu begeben.

Aber Abt Johannes ritt weiter, ohne sich um seine Klagen zu kümmern. Er hatte bald das Flachland hinter sich und kam nun hinauf in die einsamen, wilden Wälder. Hier wurde der Weg schlechter. Er war eigentlich nur noch ein steiniger, nadelbestreuter Pfad, und nicht Brücke nicht Steg halfen ihnen über Flüsse und Bäche. Je länger sie ritten, desto kälter wurde es, und tief drinnen im Wald war der Boden mit Schnee bedeckt.

Es war ein langer und beschwerlicher Ritt. Sie schnitten auf steilen und schlüpfrigen Seitenpfaden den Weg ab und zogen über Moor und Sumpf, drangen durch

Windbrüche und Dickicht. Gerade als der Tag zur Neige ging, führte der Räuberjunge sie über eine Waldwiese, die von hohen Bäumen umgeben war, von nackten Laubbäumen und von grünen Nadelbäumen. Hinter der Wiese erhob sich eine Felswand, und in der Felswand sahen sie eine Tür aus rohen Planken. Nun merkte Abt Johannes, dass sie am Ziel waren, und er stieg vom Pferd. Das Kind öffnete ihm die schwere Tür, und er sah in eine ärmliche Berggrotte mit nackten Steinwänden. Die Räubermutter saß an einem Blockfeuer, das mitten auf dem Boden brannte, an den Wänden standen Lagerstätten aus Tannenreisig und Moos, und auf einer von ihnen lag der Räubervater und schlief. – »Kommt herein, ihr dort draußen!«, rief die Räubermutter, ohne aufzustehen. »Und nehmt die Pferde mit, damit sie nicht draußen in der Nachtkälte zugrunde gehen!«

Abt Johannes trat nun kühn in die Grotte, und der Laienbruder folgte ihm. Da sah es gar ärmlich und dürftig aus, und nichts war geschehen, um das Weihnachtsfest zu feiern. Die Räubermutter hatte weder gebraut, noch gebacken, sie hatte weder gefegt, noch gescheuert. Ihre Kinder lagen auf der Erde rings um einen Kessel, aus dem sie aßen; aber darin war nichts Besseres als dünne Wassergrütze.

Doch die Räubermutter war ebenso stolz und selbstbewusst wie nur irgendeine angesehene Bauersfrau. – »Setze dich nun hier ans Feuer, Abt Johannes, und wärme dich«, sagte sie, »und wenn du Wegzehrung mitgebracht hast, so iss, denn was wir hier im Wald kochen, wird dir wohl nicht munden. Und wenn du vom Ritt müde bist, kannst du dich auf eine dieser Lagerstätten ausstrecken und ruhen. Du brauchst keine Angst zu haben, dass du dich verschlafen könntest. Ich sitze hier am Feuer und wache, und ich will dich schon wecken, damit du zu sehen bekommst, wonach du ausgeritten bist.«

Abt Johannes gehorchte der Räubermutter in allen Stücken und nahm seinen Rucksack hervor. Aber er war nach dem Ritt so müde, dass er kaum etwas essen konnte; und sowie er sich auf dem Lager ausgestreckt hatte, schlummerte er ein.

Dem Laienbruder wurde auch eine Ruhestatt angewiesen, aber er wagte nicht zu schlafen, weil er ein wachsames Auge auf den Räubervater haben wollte, damit dieser nicht etwa aufstünde und Abt Johannes fesselte. Allmählich jedoch erlangte die Müdigkeit auch über ihn solche Gewalt, dass er einschlummerte. Als er erwachte, sah er, dass Abt Johannes sein Lager verlassen hatte und jetzt am Feuer saß und mit der Räubermutter ins Gespräch vertieft war. Der Räubervater saß daneben. Er war ein hochaufgeschossener magerer Mann und sah schwerfällig und trübsinnig aus. Er kehrte Abt Johannes den Rücken, und es sah aus, als wolle er nicht zeigen, dass er dem Gespräch zuhörte.

Abt Johannes erzählte der Räubermutter von allen den Weihnachtsvorbereitungen, die er unterwegs gesehen hatte, und er erinnerte sie an die Weihnachtsfeste und die fröhlichen Weihnachtsspiele, die wohl auch sie in ihrer Jugend mitgemacht hätte, als sie noch in Frieden unter den Menschen lebte. – »Es ist ein Jammer, dass eure Kinder nie verkleidet auf der Dorfstraße umhertollen oder im Weihnachtsstroh spielen dürfen«, sagte Abt Johannes. Die Räubermutter hatte ihm zuerst kurz und barsch geantwortet, aber so allmählich wurde sie kleinlauter und lauschte eifrig. Plötzlich wendete sich der Räubervater gegen Abt Johannes und hielt ihm die geballte Faust vor das Gesicht. – »Du elender Mönch, bist du hierhergekommen, um Frau und Kinder von mir fortzulocken? Weißt du nicht, dass ich ein friedloser Mann bin und diesen Wald nicht verlassen darf?« Abt Johannes sah ihm unerschrocken gerade in die Augen. – »Mein Wille ist es, dir einen

Freibrief vom Erzbischof zu verschaffen«, sagte er. Kaum hatte er dies gesagt, als der Räubervater und die Räubermutter in schallendes Gelächter ausbrachen. Sie wussten nur zu wohl, welche Gnade ein Waldräuber vom Bischof Absalon zu erwarten hatte. – »Ja, wenn ich einen Freibrief von Absalon bekomme«, sagte der Räubervater, »dann gelobe ich dir, nie mehr auch nur so viel wie eine Gans zu stehlen.«

Den Gärtnergehilfen verdross es sehr, dass das Räuberpack sich anmaßte, Abt Johannes auszulachen; aber dieser selbst schien es ganz zufrieden zu sein. Der Knecht hatte ihn kaum je friedvoller und milder unter seinen Mönchen auf Öved sitzen sehen, als er ihn jetzt unter den wilden Räuberleuten sah.

Aber plötzlich sprang die Räubermutter auf.

»Du sitzt hier und plauderst, Abt Johannes«, sagte sie, »und wir vergessen ganz, nach dem Wald zu sehen. Jetzt höre ich bis in unsere Höhle, wie die Weihnachtsglocken läuten.«

Kaum war dies gesagt, als alle aufsprangen und hinausliefen; aber im Wald war noch dunkle Nacht und grimmiger Winter. Das Einzige, was man hörte, war ferner Glockenklang, der von einem leisen Südwind hergetragen wurde.

Wie soll dieser Glockenklang den toten Wald wecken können? dachte Abt Johannes. Denn jetzt, wo er mitten im Waldesdunkel stand, schien es ihm viel unmöglicher als früher, dass hier ein Lustgarten erstehen könnte.

Aber als die Glocke ein paar Augenblicke geläutet hatte, zuckte plötzlich ein Lichtstrahl durch den Wald. Gleich darauf wurde es ebenso dunkel wie zuvor, aber dann kam das Licht wieder. Es kämpfte sich wie ein leuchtender Nebel zwischen den dunkeln Bäumen durch. Und so viel vermochte es, dass die Dunkelheit in schwache Morgendämmerung überging.

Da sah Abt Johannes, wie der Schnee vom Boden verschwand, als hätte jemand einen Teppich fortgezogen; und die Erde begann zu grünen. Das Farnkraut streckte seine Triebe hervor, eingerollt wie Bischofstäbe. Die Erika, die auf der Steinhalde wuchs, und der Sumpfporst, der im Moor wurzelte, kleideten sich rasch in frisches Grün. Die Mooshügelchen schwollen und hoben sich, und die Frühlingsblumen schossen mit schwellenden Knospen auf, die schon einen Schimmer von Farbe hatten.

Abt Johannes klopfte das Herz heftig, als er die ersten Zeichen sah, dass der Wald erwachen wollte. – Soll nun ich alter Mann ein solches Wunder schauen! dachte er. Und die Tränen wollten ihm in die Augen treten.

Nun wurde es wieder so dämmerig, dass er fürchtete, die nächtliche Finsternis könnte aufs Neue Macht erlangen. Aber sogleich kam eine neue Lichtwelle hereingebrochen. Die brachte das Murmeln von Bächlein und das Rauschen der eisbefreiten Bergströme mit. Da schlugen die Blätter der Laubbäume so rasch aus, als wären grüne Schmetterlinge herangeflattert und hätten sich auf den Zweigen niedergelassen. Und nicht nur die Bäume und Pflanzen erwachten. Die Kreuzschnäbel begannen über die Zweige zu hüpfen. Die Spechte hämmerten an die Stämme, dass die Holzsplitter nur so flogen. Ein Zug Stare, der über das Land hin flog, ließ sich in einem Tannenwipfel nieder, um zu ruhen. Es waren prächtige Stare. Die Spitze jedes kleinen Federchens leuchtete glänzend rot, und wenn die Vögel sich bewegten, glitzerten sie wie Edelsteine.

Wieder wurde es für ein Weilchen still, aber bald begann es von neuem. Ein starker, warmer Südwind blies und säte über die Waldwiese alle die Samen aus südlichen Ländern, die von Vögeln und Schiffen und Winden in das Land gebracht worden waren und auf seinem kargen Boden nirgendwo sonst blühen konnten; und sie schlugen Wurzeln und schossen Triebe in demselben Augenblick, da sie den Boden berührten.

Als die nächste Welle kam, fingen Blaubeeren und Preiselbeeren zu blühen an. Wildgänse und Kraniche riefen hoch oben in der Luft, die Buchfinken bauten ihr Nest, und die Eichhörnchen begannen in den Baumzweigen zu spielen.

Alles ging nun so rasch, dass Abt Johannes gar nicht Zeit hatte, zu überlegen, welches Wunder gerade geschah. Er hatte nur Zeit, Augen und Ohren weit aufzumachen. Die nächste Welle, die herangebraust kam, brachte den Duft frischgepflügter Felder. Aus weiter Ferne hörte man, wie die Hirtinnen die Kühe lockten, und wie die Glöckchen der Lämmer klingelten. Tannen und Fichten bekleideten sich so dicht mit kleinen roten Zapfen, dass die Bäume wie Seide leuchteten. Der Wacholder trug Beeren, die jeden Augenblick die Farbe wechselten. Und die Waldblumen bedeckten den Boden, dass er ganz weiß und blau und gelb war.

Abt Johannes beugte sich zur Erde und brach eine Erdbeerblüte. Und während er sich aufrichtete, reifte die Beere. Die Füchsin kam aus ihrer Höhle mit einer großen Schar von schwarzbeinigen Jungen hinter sich her. Sie ging auf die Räubermutter zu und rieb sich an ihrem Rock, und die Räubermutter beugte sich zu ihr hinunter und lobte ihre Jungen. Der Uhu, der eben seine nächtliche Jagd begonnen hatte, kehrte wieder nach Hause zurück, ganz erstaunt über das Licht, suchte seine Schlucht auf und legte sich schlafen. Der Kuckuck rief, und das Kuckucksweibchen umkreiste mit einem Ei im Schnabel die Nester der Singvögel.

Die Kinder der Räubermutter stießen zwitschernde Freudenschreie aus. Sie aßen sich an den Waldbeeren satt, die groß wie Tannenzapfen an den Sträuchern hingen. Eines von ihnen spielte mit einer Schar junger Hasen, ein anderes lief mit den jungen Krähen um die Wette, die aus dem Nest gehüpft waren, ehe sie noch flügge waren, das dritte hob die Natter vom Boden und wickelte sie sich um Hals und Arm. Der Räubervater stand draußen auf dem Moor und aß Brombeeren. Als er aufsah, kam ein großes schwarzes Tier neben ihn her. Da brach der Räubervater einen Weidenzweig und schlug dem Bären auf die Schnauze. – »Bleib du, wo du hingehörst«, sagte er. »Das ist mein Platz.« Da machte der Bär kehrt und trabte nach seiner Seite fort.

Immer wieder kamen neue Wellen von Wärme und Licht, und jetzt brachten sie Entengeschnatter vom Waldmoor her. Gelber Blütenstaub von den Feldern schwebte in der Luft. Schmetterlinge kamen, so groß, dass sie wie fliegende Lilien aussahen. Das Nest der Bienen in einer hohlen Eiche war schon so voll von Honig, dass er am Stamm hinuntertropfte. Jetzt begannen auch die Blumen sich zu entfalten, deren Samen aus fremden Ländern gekommen waren. Die Rosenbüsche kletterten um die Wette mit den Brombeeren die Felswand hinauf, und oben auf der Waldwiese sprossen Blumen, so groß wie ein Menschengesicht. Abt Johannes dachte an die Blume, die er für Bischof Absalon pflücken wollte, aber eine Blume wuchs herrlicher heran als die andere, und er wollte die allerschönste wählen.

Welle um Welle kam, und jetzt war die Luft so von Licht durchtränkt, dass sie glitzerte. Und alle Lust und aller Glanz und alles Glück des Sommers lächelte rings um Abt Johannes. Es war ihm, als könnte die Erde keine größere Freude bringen als die, die ihn über den plötzlichen Anbruch der schönen Jahreszeit erfüllte, und er sagte zu sich selbst: »Jetzt weiß ich nicht, was die nächste Welle, die kommt, noch an Herrlichkeit bringen kann.«

Aber das Licht strömte noch immer zu, und jetzt schien es Abt Johannes, dass es etwas aus einer unendlichen Ferne bringe. Er fühlte, wie überirdische Luft ihn umwehte, und er begann zitternd zu erwarten, es würde nun, nachdem die Freude der Erde gekommen war, des Himmels Herrlichkeit anbrechen.

Abt Johannes merkte, wie alles still wurde: Die Vögel verstummten, die jungen Füchslein spielten nicht mehr, und die Blumen hörten auf zu wachsen. Die Seligkeit, die nahte, war von der Art, dass einem das Herz stillstehen wollte; das Auge weinte, ohne dass es davon wusste, die Seele sehnte sich, in die Ewigkeit hinüberzufliegen. Aus weiter, weiter Ferne hörte man leise Harfentöne und überirdischen Gesang. Abt Johannes faltete die Hände und sank in die Knie. Sein Gesicht strahlte von Seligkeit. Nie hatte er erwartet, dass es ihm beschieden sein würde, schon in diesem Leben des Himmels Wonne zu kosten und die Engel Weihnachtslieder singen zu hören.

Aber neben Abt Johannes stand der Gärtnergehilfe, der ihn begleitet hatte. Er sah den Räuberwald voll Grün und Blumen, und er wurde zornig in seinem Herzen, weil er sah, dass er einen solchen Lustgarten nie und nimmer schaffen könnte, wie er sich auch mit Hacke und Spaten mühte. Und er konnte nicht begreifen, warum Gott solche Herrlichkeit an das Räubergesindel verschwende, das seine Gebote missachtete.

Gar dunkle Gedanken zogen durch seinen Kopf. »Das kann kein rechtes Wunder sein«, dachte er, »das sich bösen Missetätern zeigt. Das kann nicht von Gott stammen, das ist aus Zauberei entsprungen. Es ist von des Teufels niederträchtiger List hierher gesandt. Es ist die Macht des bösen Feindes, die uns verhext und uns zwingt, das zu sehen, was nicht ist.«

In der Ferne hörte man Engelsharfen klingen, und Engelgesang ertönte, aber der Laienbruder glaubte, dass es die böse Macht der Unholde sei, die nahe. »Sie wollen uns locken und verführen«, seufzte er, »nie kommen wir mit heiler Haut davon, wir werden betört und dem Abgrund verkauft.«

Jetzt waren die Engelscharen so nahe, dass Abt Johannes ihre Lichtgestalten zwischen den Stämmen des Waldes schimmern sah. Und der Laienbruder sah dasselbe wie er, aber er dachte nur, welche Arglist darin läge, dass die bösen Geister ihre Künste gerade in der Nacht betrieben, in der der Heiland geboren war. Dies geschah ja nur, um die Christen um so sicherer ins Verderben zu stürzen.

Die ganze Zeit über hatten die Vögel Abt Johannes' Haupt umschwärmt, und er hatte sie zwischen seine Hände nehmen können. Aber vor dem Laienbruder hatten sich die Tiere gefürchtet: kein Vogel hatte sich auf seine Schulter gesetzt, und keine Schlange spielte zu seinen Füßen. Nun war da eine kleine Waldtaube. Als sie merkte, dass die Engel nahe waren, nahm sie ihren ganzen Mut zusammen und flog dem Laienbruder auf die Schulter und schmiegte das Köpfchen an seine Wange. Da glaubte er, dass der Zauber ihm nun völlig auf den Leib rücke, ihn in Versuchung zu führen und zu verderben. Er schlug mit der Hand nach der Waldtaube und rief mit lauter Stimme, so dass es durch den Wald hallte:

»Fahr du zur Hölle, von wo du gekommen bist!«

Gerade da waren die Engel so nahe, dass Abt Johannes den Hauch ihrer mächtigen Fittiche fühlte, und er hatte sich zur Erde geneigt, sie zu grüßen. Aber als die Worte des Laienbruders ertönten, da verstummte urplötzlich ihr Gesang, und die heiligen Gäste wendeten sich zur Flucht. Und ebenso floh das Licht und die milde Wärme in unsäglichem Schreck vor der Kälte und Finsternis in einem Menschenherzen. Die Dunkelheit sank auf die Erde hinab wie eine Decke, die Kälte kam, die Pflanzen auf dem Boden schrumpften zusammen, die Tiere enteilten, das Rauschen der Wasserfälle verstummte, das Laub fiel von den Bäumen, prasselnd wie Regen.

Abt Johannes fühlte, wie sein Herz, das eben vor Seligkeit gezittert hatte, sich jetzt in unsäglichem Schmerz zusammenkrampfte. Niemals kann ich dies überleben, dachte er, dass die Engel des Himmels mir so nahe waren und vertrieben wurden, dass sie mir Weihnachtslieder singen wollten und in die Flucht gejagt wurden.

In demselben Augenblick erinnerte er sich an die Blume, die er Bischof Absalon versprochen hatte, und er beugte sich zur Erde und tastete unter dem Moos und Laub, um noch im letzten Augenblick etwas zu finden. Aber er fühlte, wie die Erde unter seinen Fingern gefror, und wie der weiße Schnee über den Boden geglitten kam.

Da war sein Herzeleid noch größer. Er konnte sich nicht erheben, sondern musste auf dem Boden liegen bleiben.

Aber als die Räubersleute und der Laienbruder sich in der tiefen Dunkelheit zur Räuberhöhle zurückgetappt hatten, da vermissten sie Abt Johannes. Sie nahmen glühende Scheite aus dem Feuer und zogen aus, ihn zu suchen, und sie fanden ihn tot auf der Schneedecke liegen.

Und der Laienbruder fing an zu weinen und zu klagen, denn er erkannte, dass er es war, der Abt Johannes getötet hatte, weil er ihm den Freudenbecher entrissen, nachdem er gelechzt hatte.

* * *

Aber als Abt Johannes nach Öved hinuntergebracht worden war, sahen die, die sich des Toten annahmen, dass er seine rechte Hand hart um etwas geschlossen hielt, was er in seiner Todesstunde umklammert haben musste. Und als sie die Hand endlich öffnen konnten, fanden sie, dass das, was er mit solcher Stärke festhielt, ein paar weiße Wurzelknollen waren, die er aus Moos und Laub hervorgerissen hatte. Und als der Laienbruder, der Abt Johannes geleitet hatte, diese Wurzeln sah, nahm er sie und pflanzte sie in des Abtes Garten in die Erde.

Er pflegte sie und wartete das ganze Jahr, dass eine Blume daraus erblühe, doch er wartete vergebens den ganzen Frühling und Sommer und Herbst. Als endlich der Winter anbrach und alle Blätter und Blumen tot waren, hörte er auf zu warten. Als aber der Weihnachtsabend kam, da überkam ihn die Erinnerung an Abt Johannes so mächtig, dass er in den Lustgarten hinausging, seiner zu gedenken. Und siehe, wie er nun an der

Stelle vorbeikam, wo er die kahlen Wurzelknollen eingepflanzt hatte, da sah er, dass üppige grüne Stängel daraus emporgesprosst waren, die schöne Blumen mit silberweißen Blättern trugen.

Da rief er alle Mönche von Öved zusammen; und als sie sahen, dass diese Pflanze am Weihnachtsabend blühte, wo alle anderen Blumen tot waren, da erkannten sie, dass sie wirklich von Abt Johannes aus dem Weihnachtslustgarten im Göinger Wald gepflückt war.

Aber der Laienbruder sagte den Mönchen, da nun ein so großes Wunder geschehen sei, sollten sie einige von den Blumen dem Bischof Absalon schicken.

Als nun der Laienbruder vor Bischof Absalon hintrat, reichte er ihm die Blumen und sagte: »Dies schickt dir Abt Johannes. Es sind die Blumen, die er dir aus dem Weihnachtslustgarten im Göinger Walde zu pflücken versprochen hat.«

Und als Bischof Absalon die Blumen sah, die in dunkler Winternacht der Erde entsprossen waren, und als er die Worte hörte, wurde er so bleich, als wäre er einem Toten begegnet. Eine Weile saß er schweigend da, dann sagte er: »Abt Johannes hat sein Wort gut gehalten; so will auch ich das meine halten.« Und er ließ einen Freibrief für den wilden Räuber ausstellen, der von Jugend an friedlos im Wald gelebt hatte.

Er übergab dem Laienbruder den Brief, und dieser zog damit von dannen, hinauf in den Wald und suchte den Weg zur Räuberhöhle. Als er am Weihnachtstag dort eintrat, da eilte ihm der Räuber mit erhobener Axt entgegen. – »Ich will euch Mönche niederschlagen, so viele euer auch sind!«, rief er. »Sicherlich hat sich um euretwillen der Göinger Wald in dieser Nacht nicht in sein Weihnachtskleid gehüllt.«

»Es ist einzig und allein meine Schuld«, sagte der Laienbruder, »und ich will gerne dafür sterben. Aber zuerst muss ich dir eine Botschaft von Abt Johannes bringen.« Und er zog den Brief des Bischofs heraus und verkündete ihm, dass er nicht mehr vogelfrei sei, und zeigte ihm das Siegel Absalons, das an dem Pergament hing. – »Fortab sollst du mit deinen Kindern im Weihnachtsstroh spielen, und ihr sollt das Christfest unter den Menschen feiern, wie es der Wunsch des Abtes Johannes war«, sagte er.

Da blieb der Räubervater stumm und bleich stehen, aber die Räubermutter sagte in seinem Namen: »Abt Johannes hat sein Wort getreulich gehalten, so wird auch der Räubervater das seine halten.«

Doch als der Räubervater und die Räubermutter aus der Räuberhöhle fortzogen, da zog der Laienbruder hinein und hauste dort einsam im Wald unter unablässigem Gebet, dass sein hartes Herz ihm verziehen werde.

Und niemand darf ein strenges Wort über einen sagen, der bereut und sich bekehrt hat, wohl aber kann man wünschen, dass seine bösen Worte ungesagt geblieben wären, denn nie mehr hat der Göinger Wald die Geburtsstunde des Heilands gefeiert, und von seiner ganzen Herrlichkeit lebt nur noch die Pflanze, die Abt Johannes einst gepflückt hat. Man hat sie Christrose genannt, und jedes Jahr lässt sie ihre weißen Blüten und ihre grünen Stängel um die Weihnachtszeit aus dem Erdreich sprießen, als könnte sie nie und nimmer vergessen, dass sie einmal in dem großen Weihnachtslustgarten gewachsen ist.

Zu dieser Ausgabe

Der Text *Ein Weihnachtsgast* folgt der Ausgabe:

Selma Lagerlöf: Gesammelte Werke in zwölf Bänden. Siebenter Band. Übers. von Marie Franzos. München: Albert Langen, 1911.

Der Text *Die Legende vom Luziatag* folgt der Ausgabe:

Selma Lagerlöf: Die Prinzessin von Babylon und andere Erzählungen. Übers. von Marie Franzos. München: Albert Langen, 1922.

Der Text *Die Legende von der Christrose* folgt der Ausgabe:

Selma Lagerlöf: Ein Stück Lebensgeschichte und andere Erzählungen. Übers. von Marie Franzos. München: Albert Langen, 1909.

Die Übersetzung wurde für die vorliegende Ausgabe durchgesehen und sprachlich behutsam überarbeitet.

Anmerkungen

7,1 *Kavaliersleben auf Ekeby:* Ekeby, fiktiver, reicher Gutshof in Värmland, der im Zentrum von Lagerlöfs erstem Roman *Gösta Berling* (1891) steht. Er ist dort der reichste Gutshof der Region und wird von der ›Majorin von Ekeby‹ geführt. Ekeby ist der Wohn- und Aufenthaltsort der ›Kavaliere von Ekeby‹, einer Gruppe verarmter, gescheiterter Männer, meist adliger Herkunft oder ehemalige Offiziere, die aus verschiedenen Gründen gesellschaftlich abgestürzt sind und zu denen auch der Protagonist Gösta Berling, ein abgesetzter Pfarrer, gehört. Ekeby taucht in mehreren anderen Texten Lagerlöfs auf und steht dort meist symbolisch für einen untergehenden Lebensstil: adelige Pracht, Müßiggang, Festkultur, aber auch Dekadenz und Weltferne. Das verfallene Ekeby bedeutet somit einen Umsturz oder eine Neuordnung und den gleichzeitigen Verlust der alten, romantisierten Lebensform.

7,2 *Ruster:* eventuell Wortspiel mit dem schwedischen Wort für ›ruhen‹ oder dem für ›rosten‹; möglicherweise auch eine Anspielung auf das Pseudonym von Sophie Elkan, einer mit Selma Lagerlöf eng befreundeten Schriftstellerin, der Lagerlöf nach einer gemeinsamen Reise nach Ägypten und Palästina ihren Roman *Jerusalem* widmete. Elkan veröffentlichte ihre erste Novellensammlung unter dem Namen Rust Roest (abgeleitet von einem flämischen Sprichwort, das sinngemäß lautet: »Die Ruhe rostet«).

7,2 f. *Noten transponieren*: die Tonhöhe oder die Tonart eines Musikstücks verändern, um es leichter spielbar oder sangbar zu machen bzw. es an die Grundstimmung eines Instrumentes anzupassen.

7,11 *Rock:* veraltet für: Jacke oder Jackett.

7,16 *Notenfeder:* speziell zugeschnittene Schreibfeder, die sich besonders gut dafür eignet, sowohl die runden Notenköpfe als auch die dünnen Notenhälse zu schreiben.

8,1 *Värmland:* historische Provinz in der südlichen Hälfte Schwedens, die im Westen an Norwegen grenzt.

8,15 *Toddy:* Name eines seit dem Ende des 18. Jahrhundert von England nach Schweden importierten Getränks. Während in England ursprünglich lediglich Palmwein als Toddy bezeichnet wurde, der Name dann aber nach und nach für verschiedene Getränke benutzt wurde, bezeichnet Toddy in Schweden ausschließlich ein dem Grog ähnliches Mixgetränk aus heißem Wasser, Zucker und Wein oder einer feineren Branntweinsorte, zum Beispiel Cognac, Arrak, Rum, Whisky oder Gin.

8,17 *gastfreien:* etwa gleichbedeutend mit gastfreundlich. Damit ist gemeint, dass Gäste freundlich aufgenommen und kostenlos bewirtet werden sowie einen Schlafplatz erhalten. Das Konzept steht in einer langen Tradition der Philanthropie, die bis in die Antike reicht und noch heute als Teil verschiedener Kulturen z. B. im Mittelmeerraum und in arabischen Ländern besteht.

8,19 *Liljecrona:* Die Figur des Geigenspielers taucht bereits in *Gösta Berling* als einer der Ekebykavaliere auf und ist später eine der Hauptfiguren im Roman *Liljecronas Heimat* (1911).

9,17 *Kienspänen:* Kienspan, Span aus Kiefernholz; vierkantig oder flach gespaltene Stücke unterschiedlicher

Länge aus harzreichem Holz, vorwiegend hergestellt aus Kiefer (auch Kienföhre, Kienbaum, Fackelbaum oder Feuerbaum genannt). Der Kienspan wird ähnlich wie einfaches Feuerholz erhitzt oder angezündet und dient somit für eine gewisse Zeit als Lichtquelle.

13,4 *Polka:* tschechischer Name für eine Art des Rundtanzes, der in der Volkstanztradition vieler Länder verbreitet ist, u. a. auch in Dänemark, Schweden und Norwegen.

15,2 f. *Gesindestube:* Raum im Bauernhaus für das Gesinde, also die Mägde und Knechte.

25,2 *Värmland:* historische Provinz in der südlichen Hälfte Schwedens, die im Westen an Norwegen grenzt.

25,5 *Vänersee:* Vänern (deutsch auch: Vänernsee oder Vänersee) ist ein See im Südwesten von Schweden, der zwischen den historischen Provinzen Dalsland, Värmland und Västergötland liegt. Er ist mit einer Fläche von 5519,1 km^2 der größte See Schwedens, der größte der Europäischen Union sowie der drittgrößte See Europas.

26,9 *Sprengel:* Amts-, Verwaltungsbezirk; Dienstbereich.

28,24 *Luziatag:* 13. Dezember, Gedenktag der heiligen Lucia. In Schweden und anderen nordischen Ländern ist das Luciafest ein fester Bestandteil des vorweihnachtlichen Brauchtums. Traditionell werden weiße Gewänder getragen, spezielle Lieder gesungen, und man bereitet besonderes Gebäck zu. Lucia (dt.: die Leuchtende) ist eine christliche Märtyrerin (283–304 in Syrakus, Sizilien/Italien). Der Legende nach soll sie verfolgte Christen in den Katakomben von Syrakus mit Lebensmitteln versorgt haben. Da sie die Hände zum Tragen benötigte, soll sie sich einen Kranz aus Kerzen auf den Kopf gesteckt haben, der später Bestandteil von Riten am Luciatag wurde. Lucia legte zu Ehren der heiligen Agatha das Gelübde der Jungfräulichkeit ab und soll ihrem zukünftigen Verlobten ihre Augen, die sie sich selbst ausgerissen hatte, geschickt haben, woraufhin ihr die Mutter Gottes noch schönere Augen eingesetzt haben soll. Lucia wird im Zuge der Christenverfolgung gefoltert und schließlich getötet.

30,7 *Sund:* eigentlich: Meerenge, auch Durchfahrt. Hier ist eine schmale Stelle des Sees gemeint, an der sich die beiden Ufer relativ nahe sind.

30,12 *Dreifaltigkeitsquelle im Dorf Sätra:* Der Ort Sätra

Brunn wurde um 1700 vom Arzt Samuel Skragge gegründet, nachdem dieser die heilende Wirkung der dortigen Dreifaltigkeitsquelle entdeckt hatte. Um die Quelle wurde das Brunnshaus errichtet, dieses wurde wiederum zum Zentrum eines sich in der Folge entwickelnden Kurorts mit dem Namen Sätra Brunn. Dreifaltigkeitsquellen sind nach altem Volksglauben Wasserquellen mit heilender Kraft. Sie haben oft einen mittelalterlichen christlichen Ursprung, gehen aber teilweise auf vorzeitliche Opfer- oder Kultstätten zurück.

30,12 f. *Västmanland:* historische Provinz Schwedens, östlich von Värmland gelegen.

45,14 *Marktflecken:* kleiner Ort, der das Marktrecht hat und in dem folglich Markt abgehalten wird.

48,5 *Altan:* vom Boden aus gestützter balkonartiger Anbau.

51,15 *Spießruten zu laufen:* Spießrutenlaufen: eigentlich Leibesstrafe beim Militär, die über einfache Soldaten für besonders schwere oder unehrenhafte Straftaten verhängt wurde. Der Verurteilte musste mit nacktem Oberkörper eine Gasse zwischen zwei Reihen von (je nach Schwere der Tat bis zu mehreren hundert) Soldaten langsam durchschreiten, wobei er von jedem der Soldaten einen Schlag mit der Hasel- oder Weidenrute (Spießrute) auf den Rücken bekam.

53,4 *Met:* (besonders bei den Germanen beliebtes) alkoholisches Getränk aus vergorenem, mit Wasser verdünntem Honig und Gewürzen; Honigwein.

55,11 *Malvasier:* Bezeichnung für likörartig süßen und schweren Weißwein. Die Rebsortenfamilie Malvasier oder Malvasia ist vor allem in südlichen Ländern weit verbreitet.

62,18 *Gullspångälv:* eigentlich eine Aalart aus dem Gullspångsälven, dem Fluss, der vom Skagern in den Vänern bei Gullspång fließt. Hier metaphorisch für die Stelle der Einmündung gemeint.

67,2 *Göinger Wald:* gemeint ist die Region Göingeskog im nordöstlichen Schonen (heutiges Skåne), ein historisch dicht bewaldetes Gebiet um die Landschaft Göinge. Im 17. Jahrhundert war diese Grenzregion zwischen Schweden und Dänemark Rückzugsort sogenannter ›Snapphanar‹ – dänisch gesinnter Widerstandskämpfer und Räuberbanden.

67,4 *friedlosen:* hier: geächteten, vogelfreien, auch: wolfsfreien; seit dem 16. Jahrhundert Bezeichnung für eine Person, über die die Strafe der Ächtung verhängt worden ist. Dies bedeutete unter anderem, dass der Person keine Behausung gewährt und nach dem Tod die Leiche nicht bestattet, sondern den Vögeln und Wölfen zum Fraß überlassen wurde (daher die Bezeichnung).

67,9 *Schonen:* historische Provinz im Süden Schwedens, die bis ins 17. Jahrhundert zu Dänemark gehörte. Sie deckt sich nahezu mit der heutigen Provinz Skåne.

68,10 *Öved:* Kloster Öved, ein ab ca. 1185 bestehendes Stift, das wahrscheinlich aus der Stadt Lund dorthin verlegt wurde. 1535 wurde es aufgelöst, wie die meisten anderen Klöster in Südschweden.

69,18 *Laienbruder:* Ordensmann, der kein Theologe und geweihter Priester ist, also nicht Messe feiern kann. Laienbrüder erfüllen meist handwerkliche Aufgaben oder sind in der Verwaltung der Ordensgemeinschaft tätig.

69,20 f. *Queckengras und Melde:* Pflanzen, die durch ihre schnelle Verbreitung im Ackerbau als Unkraut angesehen werden.

81,1 *Windbrüche:* durch heftigen Wind verursachter Schaden im Wald.

Nachbemerkung

Selma Lagerlöf (1858–1940) ist einem breiten Publikum vor allem durch ihr wohl berühmtestes Werk bekannt, das Kinderbuch *Die wunderbare Reise des kleinen Nils Holgersson mit den Wildgänsen* (1906/07). Doch Lagerlöf ist weit davon entfernt, eine reine Kinderbuchautorin zu sein: Schon längst ist sie eine bedeutende Schriftstellerin, als sie die Geschichte um Nils Holgersson im Auftrag des Volksschullehrerverbandes verfasst, um den Kindern die schwedische Landeskunde nahezubringen. In gewisser Weise kehrt sie mit diesem Buch zu ihren Anfängen zurück, denn 1881 geht Selma gegen den Wunsch ihres Vaters nach Stockholm, um dort zunächst ein Jahr lang ein Mädchengymnasium zu besuchen und dann eine Ausbildung zur Volksschullehrerin zu machen. Der Vater stirbt 1885, in dem Jahr, als Selma eine Stelle als Lehrerin in Landskrona antritt.

Diesen Beruf wird sie zehn Jahre lang ausüben, auch wenn sie sich das anfangs nicht so vorgestellt hatte: Während ihrer Zeit in Landskrona schreibt Lagerlöf ihren ersten Roman, *Gösta Berling*. Obwohl sie bereits vor seinem Erscheinen mit fünf Kapitel daraus einen Novellenwettbewerb gewonnen hatte, hat der Roman zunächst nicht den erhofften Erfolg – zumindest genügen die Einnahmen vorerst nicht, um davon zu leben. Dank der positiven Rezension eines wichtigen dänischen Literaturkritikers erlangt *Gösta Berling* mit der Zeit immer mehr Aufmerksamkeit – und ist heute eines der meistgelesenen schwedischen Bücher.

Damit ist der Durchbruch geschafft: 1895 gibt Lagerlöf den Lehrerinnenberuf auf und widmet sich nur noch dem Schreiben. Und das mit großem Erfolg: Selma Lagerlöf ist nicht nur eine der bedeutendsten Schriftstellerinnen Schwedens und die erste Frau, die in die Schwedische Akademie aufgenommen wurde, sie ist auch die erste Frau, die den Literaturnobelpreis erhält. Am 10. Dezember 1909 wird er ihr verliehen, und zwar »auf Grund des edlen Idealismus, des Phantasiereichtums und der seelenvollen Darstellung, die ihre Dichtung prägen«. Von Phantasiereichtum kann man in der Tat sprechen: Das Werk von Selma Lagerlöf ist vielseitig und umfangreich. Neben dreizehn Romanen verfasst sie zahlreiche Kurzgeschichten und Novellen, die in verschiedenen Genres angesiedelt sind. Wir finden unheimliche und spannende Erzählungen ebenso wie Märchenstoffe und Sagenhaftes.

Das Zentrum von Lagerlöfs fiktiven Welten bleibt allerdings ihre schwedische Heimat: Abgesehen von wenigen Texten wie den Romanen *Die Wunder des Antichrist* und *Jerusalem* sind ihre Geschichten in Schweden angesiedelt, meist sogar in ihrer Heimatregion Värmland, die bereits in *Gösta Berling* Schauplatz ist und die wir im vorliegenden Bändchen in *Ein Weihnachtsgast* und in *Die Legende vom Luziatag* kennenlernen.

Symbol von Lagerlöfs Hommage an ihre Heimat ist das fiktive Gut Ekeby, ein Herrenhaus, das in *Gösta Berling* von der Majorin von Ekeby geführt wird und auf dem ein beinahe schon dekadenter adliger Lebensstil gepflegt wird. Allerdings ist es auch gekennzeichnet von Gastfreundschaft: Dort lebt nämlich neben der Hausherrin und ihren Bediensteten eine Gruppe von Personen, die hauptsächlich aus verarmten Adligen und ehemaligen Offizieren besteht. Ihnen gewährt Ekeby eine kostenlose Unterkunft, wo sie ein bohemehaftes Leben führen können, das aus Musizieren, Kartenspielen, Liebes- und sonstigen Abenteuern besteht. Diese nach bürgerlichen Maßstäben als gescheitert zu bezeichnenden Existenzen haben auf Ekeby ein Zuhause, ein Heim gefunden – ein Begriff, der für Selma Lagerlöf immer eine wichtige Rolle spielte. Das Konzept des Heims verbindet sie mit Geborgenheit und menschlichen Werten wie Liebe und Freundschaft.

Die Bedeutung von Freundschaft und dem Zugehörigkeitsgefühl wird einfühlsam auch in *Ein Weihnachtsgast* dargestellt. Der kleine Ruster, der als einer der ehemaligen Ekebykavaliere eingeführt wird, hat mit dem Niedergang von Ekeby genau diesen Ort verloren. Nun reist er mit seiner Flöte einsam durch Schweden und verfällt aus Verzweiflung immer mehr dem Alkohol, so dass er schließlich nirgends mehr ein gern gesehener Gast ist. Das ändert sich, als er bei Liljecrona Unterkunft erhält. Auch Liljecrona, ein Geigenspieler, ist ein ehemaliger Ekebykavalier – eine Figur, die bereits in *Gösta Berling* auftaucht und der Lagerlöf später einen ganzen Roman, *Liljecronas Heim* (1911), widmet. Liljecrona und Ruster erinnern sich gemeinsam an die schöne Zeit in Ekeby, und als Ruster (eigentlich gegen seinen Willen) abreist, ist Liljecronas Familie zunächst froh, weil sie fürchtet, dass Ruster Liljecrona wieder zum vagabundierenden Musikantenleben anstiften würde. Doch sowohl Ruster als auch Liljecrona leiden unter der Trennung. Was dann geschieht, ist wie ein Wunder angelegt: Ruster erkennt plötzlich, auf welchen fatalen Abwegen er sich befindet und dass zu Recht niemand mehr seine Gesellschaft schätzt. Und Liljecronas Frau, die schon zuvor die niedergeschlagene Stimmung ihres Mannes bemerkt hatte, wird bewusst, in welch trauriger Lage Ruster ist, als dieser – überall abgewiesen – wieder zu Liljecronas Gut zurückkehrt. Sie beschließt deshalb, ihn als Hauslehrer der Kinder anzustellen. Damit wird am Ende, am Weihnachtstag, für Ruster wieder das Heim geschaffen, das er für immer verloren geglaubt hatte. Ein Heim, dessen Grundlage die Freundschaft mit Liljecrona und die Nächstenliebe von dessen Frau sind.

Das Zuhause hat auch für Selma Lagerlöf selbst eine besondere Bedeutung. Sie wurde auf Mårbacka geboren, einem Gut, das schon seit fünf Generationen im Besitz der Familie war. Ihr Vater, ein Leutnant, hatte es von seiner Mutter geerbt, die es in die Familie gebracht hatte. Doch als sich die wirtschaftliche Lage in Värmland verschlechtert, trifft es auch Mårbacka und seine

Bewohner, so dass Selma in ihrer Jugend die Angst vor dem Verlust des eigenen Heims hautnah erlebt. Der Vater, von dem berichtet wird, dass er alkoholsüchtig geworden sei, stirbt 1885, und 1890 sind die Schulden so erdrückend, dass Mårbacka verkauft werden muss. Das ist ein harter Schlag für Selma Lagerlöf, auch wenn sie zu dem Zeitpunkt schon seit Jahren nicht mehr dort lebt. 1908 kauft sie zunächst das Gut zurück, kurze Zeit später mit dem Geld des Nobelpreises auch das dazugehörige Land, und nochmals einige Jahre später erwirbt sie sogar weiteres Land, so dass der Besitz schließlich doppelt so groß wird. Anfang der 1920er Jahre lässt Selma Lagerlöf dann das Haus komplett umbauen, so dass ein repräsentatives Herrenhaus im historisierenden Stil daraus wird – ähnlich dem von ihr 40 Jahre zuvor erfundenen Ekeby. Darüber und welche Bedeutung Mårbacka für Lagerlöf hatte, können wir auch in ihrer dreibändigen Autobiographie nachlesen, deren erster Band 1922 erscheint und ganz schlicht *Mårbacka* heißt.

Wichtige Motive in Lagerlöfs Werk, neben dem Zuhause und der Heimat, sind Freundschaft und Liebe, auch in Form der Nächstenliebe, und Außenseitertum. Wir finden sie alle auch in unseren drei Weihnachtsgeschichten. Besonders verdichtet sind sie in *Die Legende von der Christrose* mit dem außerhalb der Gesellschaft lebenden Räuberpaar, das sich und seine Kinder bettelnd und stehlend ernähren muss. Bei allem Rohen, das die Familie an sich hat, fällt bereits im Klostergarten der Sinn der Räubermutter für das Schöne auf – bis schließlich klar wird, dass diese arme Familie nicht von Gott verlassen ist, sondern im Gegenteil jedes Jahr Zeuge eines Weihnachtswunders werden darf. Der Abt Johannes, dem es durch die Boshaftigkeit seines Klosterbruders nicht vergönnt ist, die letzte Prachtentfaltung dieses Wunders zu erleben, bringt noch als Toter ein Zeugnis des Wunders in seiner Faust mit: den Samen der Christrose. Damit rückt die Geschichte in die Nähe der Legenden, von denen sie auch den Titel nimmt.

Die Legende ist eine literarische Gattung, die mit dem Märchen und der Sage verwandt ist, normalerweise aber einen wahren Kern enthält, der im Laufe der Zeit ausgeschmückt und überhöht wird. Oft erzählen Legenden von Heiligen und Märtyrern, die Wunder getan haben. Das ist der Fall in *Die Legende von der Christrose*, noch mehr aber in *Die Legende vom Luziatag*, in der die heilige Luzia sogar selbst auftritt, um ihrer Namensvetterin, Luzia, zu helfen. Luzia wird in der Erzählung bereits von Anfang an mit Attributen versehen, die an die Heilige erinnern, die sie schon seit frühester Kindheit verehrt: »die Heilige [hatte] ihr ganzes Wesen mit Licht und Wärme durchdrungen; dies zeigte sich schon in ihrem Äußeren, das von schimmernder Durchsichtigkeit und Feinheit war, so dass man beinahe Angst hatte, daran zu rühren« (S. 32). Luzia ist die zweite Frau von Eskil und muss oft dessen Besitz alleine verwalten, da er geschäftlich viel auf Reisen ist. Sie legt eine Nächstenliebe an den Tag, die sie fast die Ehe und die Ehre kosten würde: Sie verschenkt ohne Wissen ihres Mannes die gesamten, besonders üppig ausgefallenen Vorräte an durch den Krieg bedürftig gewordene Menschen. Als Eskil durch das Zutun der bösen Frau Rangela unerwartet früher nach Hause kommt, hängt der Haussegen ziemlich schief, und nur durch das Herbeieilen der heiligen Luzia kann eine Katastrophe abgewendet werden. Hier, mehr noch als in den anderen der vorliegenden Erzählungen, nimmt Selma Lagerlöf der Erzählung etwas von ihrer Ernsthaftigkeit, indem sie humorvolle Formulierungen oder fast schon komische Bilder verwendet, wie beispielsweise die Anreise der heiligen Luzia auf einer Feuerkugel, auf der sie auf Zehenspitzen zu stehen scheint (S. 53 f.). Am Ende siegt das Gute über das Böse, und die Legende erhält deutliche Anklänge an das verwandte Genre des Märchens: Herr Eskil erkennt, was für eine vorbildliche und liebenswerte Frau er hat, und die böse Frau Rangela wird gerichtet – allerdings im Gegensatz zur Märchentradition ganz ohne dass jemand sich die Hände schmutzig machen müsste. Auf ihrem Weg zum Gut von Herrn Eskil rächen sich die von ihr durch den Wegzoll schikanierten Bauern und ermorden sie, so dass wir einen doppelten Sieg der Gerechtigkeit haben.

Die radikale Nächstenliebe, von der Selma Lagerlöf in der *Legende vom Luziatag* erzählt, praktiziert die Autorin auch in ihrem eigenen Leben. Sie engagiert sich seit jungen Jahren politisch, indem sie zum Beispiel in die Suffragetten-Bewegung eintritt und sich für das Wahlrecht der Frauen einsetzt. Besonders eindrucksvoll wird die Absurdität des den Frauen vorenthaltenen Wahlrechts deutlich, als Selma Lagerlöf 1911 beim internationalen Frauentag eine Rede hält: eine Gutsbesitzerin, weltbekannte Autorin und Trägerin des Literaturnobelpreises, die nicht wählen darf, weil sie eine Frau ist! Neben dem Kampf für die Rechte der Frauen engagiert Lagerlöf sich aktiv gegen den Nationalsozialismus. Sie ist Teil einer Kommission zur Rettung jüdischer

Flüchtlinge aus Deutschland, und kurz vor ihrem Tod im Jahr 1940 sorgt sie persönlich dafür, dass die jüdische Schriftstellerin Nelly Sachs mit ihrer Mutter das letzte Flugzeug von Deutschland nach Schweden besteigen kann – und rettet den beiden damit das Leben!

Auch in ihrem persönlichsten Umfeld sind Mitgefühl und Menschlichkeit ihr Maßstab: Auf ihrem Gut Måckaba, auf dem sie schon seit dem Kauf Landwirtschaft betreibt, entlässt sie selbst in den schlimmsten Phasen der Weltwirtschaftskrise niemanden, sondern stellt sogar noch neue Arbeiter ein, um ihnen und ihren Familien in der Not zu helfen. Da ihre Großzügigkeit und Menschenliebe allgemein bekannt werden, erreichen sie immer mehr Bittbriefe, und ganz nach dem Vorbild ihrer Luzia versucht sie, soweit es ihr möglich ist, durch Geldsendungen zu helfen. Ihre Hilfsbereitschaft geht sogar so weit, dass sie 1939, im als Winterkrieg bekannten sowjetisch-finnischen Krieg, Finnland unterstützen möchte und daher ihre goldene Nobelpreis-Medaille spendet, damit diese eingeschmolzen und zu Geld gemacht werden kann. Diese selbstlose Geste hat selbst in den Kriegszeiten die finnische Bevölkerung so tief berührt, dass in einer Spendenaktion in kürzester Zeit der Geldwert der Nobelpreis-Medaille zusammenkommt und Finnland die Medaille an Selma Lagerlöf zurückschicken kann. Diese Anekdote gehört sicherlich zu den bewegendsten Schriftstelleranekdoten überhaupt und ist selbst schon fast ein kleines Weihnachtswunder – und damit der passende Abschluss eines Erzählbändchens mit drei wunderbaren Weihnachtsgeschichten.

Inhalt